Franziska König

Wird dieses Buch einer internationalen Kritik standhalten?

Mai 2014

Ein Journal

Mai 2014

Meinem lieben Onkel Hartmut gewidmet

TWENTYSIX – Der Self-Publishing-Verlag
Eine Kooperation zwischen der Verlagsgruppe Random House und
BoD – Books on Demand
© 2019 Franziska König
Titelblatt: Onkel Hartmut, fotografiert von seiner Nichte Franziska
Zuschnitt: Andreas Rothfuß, Blankenfelde
Herstellung und Verlag: BoD –Books on Demand Nordersted
ISBN: 9783740753801

Familie König-Rothfuß an Heiligabend 1963

(Auch Ming ist bereits dabei – doch dies weiß zu diesem Zeitpunkt noch niemand)

Von links nach rechts:
Rehlein mit der 1-jährigen Franziska auf dem Schoß.
Untere Reihe: Tante Antje und der Opa (auf deren Knien die Zwillinge Heiner und Friedel verteilt sind) daneben Onkel Rainer, der erklärend den Zeigefinger ausgefahren hat.
Obere Reihe: Der junge Buz neben der Degerlocher Oma, Tante Bea, Onkel Dölein, Omi Mobbl, und der damals erst 14-jährige Onkel Andi.

Die wichtigsten Vorkömmlinge vorweg:

Rehlein: Meine Mutter
Buz: Mein Vater
Ming: Mein Bruder
Julchen: Meine Schwägerin
Yara (Pröppilein): Meine kleine Nichte,
                    geb. im Dez. 2012

Den Rest findet man am Schluß des Buches im Personenverzeichnis

Orte: Grebenstein (Kleinstadt in Nordhessen),
      Aurich (Hauptstadt von Ostfriesland)

Zum Hintergrund der Geschehnisse empfiehlt sich ein Blick auf diesen Link:
Einfach nur - **familie könig vs werner bonhoff** – in die Suchmaschine eingeben

Mai 2014

Donnerstag, 1. Mai
Grebenstein – Aurich

Gestern sprach die freundliche Moderatorin
von „Leute heute" über Costa Cordalis:
„…und halten Sie sich fest!..wird morgen 70 Jahre
alt!"
Ich hielt mich fest, und schaute auf den Sänger in
Mallorca drauf, der es im Leben äußerst weit
gebracht hat, und sich demgemäß höchst lebens-
froh präsentierte.
Aber über jene liebeskranke unglückliche Dame,
die ihn einst bestalkt hat, fiel kein Wort.

Verdrießlicher Traumflicken:
Mir war ein Gebiss angepasst worden.
Somit hatte ein neues Kapitel in meinem Leben angehoben,
und bedrückt nahm ich mir vor, mich nie ohne Zähne im
Spiegel zu betrachten, um nicht noch trauriger zu werden.
Trotzdem wollte ich schnell noch nachschauen, ob es sich
wohl um ein Gebiss mit Gaumenplatte handele? – Etwas,
das ja nachweislich den Geschmack der Speisen trüben soll -
und so klaubte ich das Gebiss noch rasch aus dem Munde,
um einen Blick darauf zu werfen:
Ohne das beruhigende Drumherum eines Gesichts, dem man
zumindest verbindend hätte zuzwinkern können, schaute
das bloße Gebiss empört und kampfeslüstern auf mich

drauf, und doch fühlte es sich letztendlich nur klapprig, kalt und tot an, - und tatsächlich: Ein schlichtes Gebiss von der Stange mit einer Gaumenplatte aus schmuddeligem Plexiglas.
Die Zähne zu weiß um wahr zu sein.

Vor dem endgültigen Ausstieg aus dem Bett dachte ich noch in dichterischen Worten über den Onkel Hartmut nach, den man bereits in der Küche mit dem Geschirr klappern hörte. Wie alle Tage bereitete der fleißige Onkel das Frühstück zu:
Der Onkel sehnt sich nach Enkeln.
Man hat ausgesät, und möchte doch wohl irgendwann einmal die Herbsternte eintreiben? Noch immer tönt kein fröhliches Kinderlachen durch sein Haus, und weder ein Smartphon noch ein Lottogewinn kann einen darüber hinwegtrösten, daß der eigene Familienzweig womöglich eines Tages verdörrt, und Historie ist?
Und so machte ich mir Gedanken zu diesem Thema, statt mich zügig zu erheben und in die Beinkleider zu steigen:
Hartmuts älteste Tochter Elisabeth scheint ihre Hobbys bereits gefunden zu haben: Lesen und naschen, und da bleibt neben der Arbeit wohl kaum Zeit für die drei großen M, die ein Frauenleben normalerweise bestimmen: Männer, Mode und Möbel?
Und so scheint von diesem Strange her ebenso wenig zu erwarten, wie von seinem Sohn Gerhard, der als Kellner womöglich zu wenig Schneid bei den Frauen hat?

12

Vor meinem geistigen Auge sah ich, wie das Elisabethchen den Supermarkt verlässt, und mit Chipstüten und vielen anderen Delikatessen die vier Stockwerke zu ihrer Wohnung emporsteigt, in welcher die schönen Möbelstücke, die ihr der Hartmut hat schicken lassen, noch immer nicht an ihren Platz gerückt, unausgepackt und eher verrümpelnd denn zierend im Flure herumstehen?

Dann schmiegt sie sich in das kuschelige Sofa, öffnet einen Fiktionalroman, und versinkt in eine gänzlich andere Welt.

Onkel Hartmut hatte vereinzelte Braunbrotlappen zurechtgeröstet, und nun saß er bereits im Schein des Kandelabers an dem fein gedeckten Tische, während die Tante Christa in ihrem Engelsnachtgewand, in dem sie eben noch vorbeigehuscht war, unsichtbar geworden schien.

„Du ißt einfach los. Wie ein Amerikaner!" bemäkelte ich den Onkel, wenn auch gutmütig, zumal mich dies an den stringenten Ming erinnerte. Ich setzte mich nieder, und fädelte mich wie eine zweite Stimme in einem Fugengebilde in den Frühstücksgenuss ein, und bald schon setzte sich auch die Tante Christa, tagestauglich verschönt, als Dritte im Bunde zu uns.

Beim gemeinsamen Frühstück versuchte man nun einen Tag zu planen, der leider regentrüb zu werden drohte, so daß ich – oder auch Onkel Dölein in mir? – es wohl am liebsten gesehen hätte, wenn man nun stundenlang herumfrühstückt, und aus seinem Leben erzählt.

Doch will man sich eine solche Blöße geben?

Ich lenkte die Rede auf den lang verstorbenen Opa Gerhard, der mit seiner teuren Brasil-Zigarre zwischen den leicht vergilbten Fingern tagein tagaus aus einem Silberrahmen heraus in die Stube blickt.

Und dies soll Buzens Vater sein?

Direkt nach Frisur und Haaransatz endet die Ähnlichkeit, wie ich finde, und ich hatte nun wahrlich genug Zeit gehabt, ihn zu betrachten, da ich oftmals vor dieser Fotografie stehe und Violine übe:

Zuweilen spiegelt sich meine gerunzelte Stirn in der damals noch glatten Stirn des mittlerweile „zu Staub Gewordenen".

-Wie er denn gewesen sei?-

„Das ist so ne doofe Frage," sinnierte der Onkel, ohne, daß dies kränkend oder despektierlich klang, – und dann stiegen doch noch ein paar Erinnerungen in ihm auf:

Einmal hatte der Opa Gerhard zu einem feinen Abendessen geladen, und der 4-jährige Eberhard hatte nichts Besseres zu tun, als im Dunstbanne der Gäste die schönen Intarsien aus dem kostbaren chinesischen Krug herauszuklopfen.

Gedämpft durch die Besucher fiel die pädagogische Abreibung schließlich deutlich milder aus, als der Schwere des Vergehens angemessen.

Dann wiederum saß der Opa Gerhard an Heilig Abend mit seinen Akten den ganzen Tag im Weihnachtszimmer am Tisch, und arbeitete.

Einmal sah man ihn mit hochrotem Kopf mit einem Heilpraktiker herumrechten, und ein andermal entrüstete er sich über ein Bild Buzens, das ihm Grind bereitete.

Beim Anblick des Gemäldes packte den Opa Gerhard die Angst, Buz als begnadeter Nachwuchsmaler könne in die Moderne abdriften.

Und während der Onkel noch die Erinnerungen vor mir ausbreitete, denen ich mit größtem Interesse lauschte, hatte die Christa bereits die Fäden für den weiteren Tageslauf gesponnen: Zunächst sollten wir auf dem Burgberg spazieren gehen, und während man hernach das Mittagsessen zubereitet, könne ich mein Auto packen.

Endlich eine klare Linie, freuten wir uns.

Der Himmel gab kurz Ruhe, und wir begaben uns auf einen Spaziergang.

Unser Weg führte an knorzeligen Bäumen entlang, hi und da gabelten sich die Pfade, und die Entscheidung, welcher Weg wohl einzuschlagen sei, legte man in einer Mischung aus Glauben und Gehorsam in das Ermessen von Familienoberhaupt Hartmut.

„Das ganze weitere Schicksal hängt von dem Pfad ab, den man nun einschlägt", so dachte ich, und verfolgte den Lauf des Geschehens mit emsigem Interesse.

Einmal wurden wir von einem Hündchen gemustert. Es war angeleint, und gehörte einem Herrn, so daß es uns nicht gefährlich werden konnte.

Nein, Hunde möge die Christa leider nicht, erfuhr ich.

Auf den lehnenfreien, kalten grauen Marmorbänken, die trotz Geschrei und Protest der Bevölkerung überall herumstehen, befinden sich verwitterte, nurmehr schwer entzifferbare Inschriften: Weisheiten, die so klingen, als habe jemand einen chinesischen Text durch das Übersetzungsprogramm „bing" gezogen.

Aber vielleicht hat sie auch der Bürgermeister selber gedichtet, und lacht sich nun ins Fäustchen, wenn die dummen Leute vielleicht glauben, dies seien chinesische Weisheiten, für die ein deutlich verfeinerter Verstand vonnöten wäre?

Onkel Hartmut zeigte uns jenen Baum, den er in jungen Jahren gepflanzt hat, und wo einmal ein LKW dagegen geschrammt ist, und die Christa hatte eine Heckenschere dabei, und schnitt sich ein Sträußlein zusammen.

Wieder daheim:
Die Tante Bea hatte geschrieben:

„…naechste bitte…" schrieb sie ohne Anrede über meine Romankapitel, die ich ihr in unregelmäßigen Abständen zuschicke, und ließ mit keinem Wort wissen, ob sie meinen letzten Brief, auf den ich doch so stolz war, lustig gefunden habe?

(Mitten im Satz einer Schilderung über den Onkel Hartmut hatte ich plötzlich ganz groß und fettgedruckt in Beätchens eigenen Worten geschrieben: **„Oh Schatzlein, das interessiert mich uuuuuuuuuuuberhaupt nicht!"** um den begonnenen Satz hernach mit deutlich verkleinerter Schrift noch rasch und verschämt zuende zu bringen, damit er nicht so abgerupft im Raume stehen bliebe.)

Und statt mir zu schreiben, daß sie dies wenigstens ein ganz klein bißchen lustig gefunden habe, schrieb mir das Beätchen nur, daß die Norweger(?) jetzt wieder weg seien. Es sei sehr nett mit ihnen gewesen, doch mir würde es nicht gefallen haben, „da zu oberflachlich!"*

*…Das Beätchen auf ihrer amerikanischen Tastatur tippte wie alle Tage umlautsfrei, und denke ich ans Beätchen, so schalten sich auch in meinem Hirn die Umlaute zuweilen einfach ab.

Um zwanzig nach zwölf wollte ich meine Freundin Edith im Hause gegenüber besuchen, doch niemand öffnete mir. Ich schaute noch kurz vergebens hinters Haus, und lief dann ratlos wieder heim, wo der fleißige Onkel soeben den Tisch deckte.

„Entweder sie hält bereits jetzt ihren Mittagsschlaf ab, oder sie ist gestorben!" sagte ich, „eine dritte Möglichkeit gibt es nicht!"

Ich frug die Christa, ob sie etwas für Fußball übrig habe? Aber nein. Sie hat es nicht – ebenso wenig wie ich.

„Doch Uli Hoeneß-Geschichten höre ich für mein Leben gern!" verriet ich.

Der Uli habe 118 Millionen Miese auf dem Konto, die er jetzt in der Wurstfabrik abarbeiten müsse, denn – frei nach Lao Tse – auch eine Summe von 118 Millionen beginnt mit einem ersten Cent.

Die Christa hatte so wunderbar sonntäglich gekocht, und tatsächlich fühlte sich dieser Donnerstag, seiner Regentrübnis zum Trotze so sonntäglich an, daß der Hartmut am Vormittag schon gesagt hatte, er wolle nun die „Sendung mit der Maus" anschauen, und als der kleine Fehler aufgedeckt wurde, wischte ein spitzbübisch verlegenes Lächeln den bis zu diesem Zeitpunkt dem Wetter angepassten, leicht regentrüben Ausdruck auf seinem Gesicht hinweg. Und davon schaute der Onkel Hartmut so entzückend aus!

Zu Schnitzel, Bratkartoffeln und grünem Spargel wurde Sekt serviert, und ich erzählte vom jähen

Exitus von Buzens geliebter Klassenkameradin Angelika.

Nach deren „Heimgang" fühlt Buz nun keine Motivation mehr, zum Klassentreffen nach Kassel zu reisen.

Beim letzten Klassentreffen hatte Buz sich an ihre Seite geheftet, blieb zwei Tage lang daran kleben, und schien für niemand anderen einen Blick übrig zu haben.

Die Angelika war eine sehr gutaussehende Dame, an der die Jahre spurlos vorbeigezogen schienen, doch beim gemeinsamen Mittagessen raunte mir ein Klassenkamerad etwas zu:

„Is ne ganz trockene Person!"

Für Buzen jedoch hatte sie ihre Trockenheit in einen Spind gesperrt.

Und nun ist sie gestorben!

Zu jenem betrüblichen Thema, daß der Tod bereits damit begonnen hat, die Schlinge nach den ersten vereinzelten Ü-60ern auszuwerfen, wußte auch der Hartmut etwas beizutragen: Von seiner Freundin Ulrike habe er erfahren, daß zwei seiner Klassenkameraden binnen einer Woche einen Schlaganfall erlitten haben, und einer von denen sei der Dieter Klaus!

Na, dieser Name ist doch wohl ein Begriff?!

Denke ich an die Symphonie meines Lebens zurück, so tauchte der Name „Dieter Klaus", nach Art eines verborgenen, feingewürzten harmonischen Akkordes hin und wieder auf – ein Name, vertraut und unbekannt in einem...

Dann las und übersetzte der Onkel einen langen Brief seines Neffen Carlo, der sich auf das onkelige Smartphon gesogen hatte:

Der Carlo erzählte höchst dichterisch und plastisch von seinem neuen Leben in Dubai.

Leider wurde er in einer häßlichen Wohnung untergebracht, die hinzu 45 Auto-Minuten von seiner Arbeitsstätte entfernt liegt. Ohne Auto läuft in Dubai gar nichts – und der Carlo, als ein auf den Rücken gefallener Käfer, muß sich nach langer Arbeitslosigkeit auch erst wieder aufrappeln.

Wenn er sich drei Monate lang bewährt hat, so dürfen Frau und Töchter nachziehen.

Onkel Hartmut fluchte auf das Smartphon, weil ihm der Text vor seinen Augen verschwand, und die Christa war eingeschlafen.

Zum Nachtisch gab es feine Weintrauben und eine zarte Lindt-Caramel-Schokolade, die man auf der Zunge zergehen lassen durfte – und hernach begab ich mich auf den Weg zu meinen Lieben nach Aurich.

Mein Auto war von sanft rinnenden Regenperlen bedeckt.

Abends in Aurich:

Wie zuvor verabredet, stahl ich mich ganz leis ins Haus, doch dies hätte ich mir sparen dürfen, denn das Pröppilein war noch wach, und stak in einem kleinen rosa Babydoll.

Freudig zeigte es mir die Neuigkeiten im Hause: z.B. den Globus und das ferngesteuerte Auto, das man sich angeschafft hatte.

Oben sagte das Julchen zu Ming: „Jetzt hab ich Zeit für dich. Schatz!" Und das Wort „Schatz" wirkte so, als sei´s mit Fleiß auf eine Kahlfläche hinter dem Satz hingestellt worden.

Einerseits eine Nettigkeit, andererseits zur leisen Belustigung ausgesprochen.

Ming erzählte, daß er den Kirschneroth im Radio gehört, und sein Klavierspiel als leicht schaumgebremst empfunden habe, und mitten in die Erzählung hinein sagte ich einfach: „Das mußt Du mir GENAU erzählen!" weil ich die Geschichte einfach noch besser auskosten wollte.

Ich selber habe Kirsche auch schon des öfteren im Radio gehört, und sein Spiel stets als „nach frischem Rasierschaum duftend" empfunden, wenn er beispielsweise ein Werk von Felix* spielte, der ihm zum Freund geworden ist.

*Gemeint ist Felix Mendelssohn-Bartholdy.

Freitag, 2. Mai
Aurich

Eher aprilös. Zuweilen schien hinter den
Wolkenschichten ein mattes Licht zu glimmen

Entschlüsse, die man gefasst hat sind oft dumm
und falsch, und *ein* Entschluß war jener, daß ich ab
sofort kein Geld mehr ausgeben will. Keinen
unnötigen Cent.
Onkel Rainer*s Erbmasse in mir bricht sich Bahn,
und sogar den €-Jackpot habe ich gestrichen, bloß,
daß ich am 31. Mai ein kleines Finanzpolster von
310 € zum draufschauen hab. Und muß man
tatsächlich Tintenpatronen kaufen? Tun´s nicht
ebenso die Treue-Kulis von Bio-Baier?
*Im Familienkreis wird die sparsame Ader des Onkels
gelegentlich bespöttelt

Heut stand meine Einarbeitung als Kartenverkaufs-
fräulein auf der Agenda, und kaum hatte ich mich
am Frühstückstisch niedergelassen, - d.h. mein Po
hatte noch nicht einmal den Stuhl be*rührt*, da tönte
auch bereits das Telefon auf, und das Julchen
scheuchte mich aus meiner noch nicht einmal
begonnenen Gemütlichkeit hinweg.
Ich möge Ming bei dieser Aktion doch bitte mal
über die Schulter blicken!
Übereifrig tat ich´s, und wurde Ohrenzeugin, wie
der versierte Ming eine Dame beriet.

„Machalett!" hatte sich die Dame höflich vorgestellt.

„Das ist doch die Mutter von der Jana!" rief ich
fröhlich aus, und der kränkelnde und leider käse-
bleiche Ming bedeutete mir, daß ich doch nicht
einfach so unprofessionell in den Verkaufsvorgang
hineinkrähen dürfe wie ein Kleinkind!

Doch die war´s tatsächlich, und ein bißchen fühlte
es sich so an, als habe man geangelt, und der kleine
Fisch, der einem da am Angelhaken hängt, den
kenne man bereits aus einem Aquarium, aus dem
er dann wieder in den Fluß gekippt wurde.

Wir versuchten weiter zu frühstücken, doch als ich
in mein köstliches Kapkorn-Brot hineinbeißen
wollte, erschrillte bereits der nächste Anruf.
Diesmal war´s Frau Hohmann(?).

Ich sei neu hier, und man möge bitte Geduld mit
mir haben, sagte ich so scharmant ich konnte, und
Frau Hohmann versprach Geduld, während ich, in
leises Lampenfieber gehüllt, emsig ihren Namen in
die Suchmaschine hineintippte.

Kein Treffer gefunden!

Viel zu voreilig hatte ich den Namen ohne h
eingetippt, und war´s nicht ich, die dem spülenden
Ming eben erst gepredigt hatte, daß man doch
besonnen und mit Ruhe agieren möge?

Später spielte ich so nett mit dem Pröppilein.

Ständig sammeln sich im Ashram, das sich längst in ein Spielzeugparadies verwandelt hat, neue Ergötzlichkeiten an: z.B. großformatige Zahlen aus Badematenmaterial, die man ausstanzen kann.

Das Pröppilein kann schon „drei" sagen, sagt allerdings (noch): „Dei!"

„Bringst du dem Papa die „Drei"?" bat ich liebevoll.

Die Freude über das kleine Pröppilein lässt Ming seine Sorgen zuweilen vergessen.

Die Zeit fegt über einen hinweg, und ich erfuhr, daß ich mir nun angewöhnen möge, das Rädchen an der Maus zu nützen, damit die Arbeit flotter von Statten geht.

Dreimal mußte das Julchen darauf hinweisen.

„Gewöhn dir das bitte an!" sagte sie auf die tadelnd-seufzende Art einer Mutter, die ihrer Tochter jene, von ihrem Ex ererbte, verschlafene und dröge Art austreiben möchte.

Frau Baumann, eine Dame von der Zeitung, war zu Besuch gekommen. Man versammelte sich im Teetrinks-Eck im Ashram, und ich saß derweil mit dem Pröppilein auf dem Schoß am Computer, und schaute Video-Clips aus der Welt der Musik an:

Wir schauten auf Gidon Kremer vor einem goldenen Altar. Mit weit aufgerissenem Munde interpretierte der mittlerweile symmetrisch Er-

24

glatzte das Präludium der E-Dur Partita von J.S.Bach.

Zwar - einer Anregung von Nikolaus Harnoncourt folgend, der gesagt habe, daß man das Publikum nicht immer nur „anzuckerln" solle, - wachrüttelnd „gegen den Strich gebürstet", so doch gewiss nicht ohne Reiz, wie ich wohlwollend fand.

Ming war fassungslos:
Woher weiß Frau Baumann, daß der Staatsanwalt gegen ihn ermittelt? Außerdem war er verstört, weil das Julchen meinte, Ming habe es so unnötig hervorgehoben, wie schlecht wir behandelt würden: Eine Zeitung z.B. hat den Vorverkauf derart mickrig angekündigt, daß man es nicht glauben wollte.

Den Passus „namhafte Künstler in der Region" hatte man in „namhafte Künstler aus der Region" verwandelt.*

„Ach ja. Da haben wir uns bei einem kleinen Wörtchen ein klitzekleines bißchen geirrt, und die Königs machen einen AUFSTAND drum! Ach Gott, ach Gott, ach Gott!"
heißt´s sodann in gönnerhafter Arroganz.

Ming wirke sehr niedergedrückt.

*„Regionale Künstler": Eine höfliche Umschreibung dafür, daß man es im Leben leider nicht sehr weit gebracht hat.

Anders wiederum verhält es sich bei „Regionalen Würsten". Die seien äußerst schmackhaft, und dem grausligen internationalen Fastfood von Burger King und co, das auf der ganzen Welt gegessen wird, unbedingt vorzuziehen.

Auf dem Fenstersims lag ein Schrieb von Andrea Grabhorn vom NDR:
Das Fördergremium habe getagt, sei zu dem Schluß gekommen, uns nicht zu fördern, und die sonst so eilige Sekretärin hatte sich auf leicht sadistische Weise Zeit genommen, das „nicht" fett einzufassen, auf daß es dem Empfänger in seiner freudig-bangen Erwartung sofort ins Auge spränge.
„Ich bedaure, Ihnen keine andere Auskunft geben zu können" endete der Schrieb in falschem Bedauern, und Ming hatte den Wisch mutlos und kraftlos aufs Fenstersims gelegt.
„Können Sie überhaupt noch in den Spiegel schauen?" müsste man ihr schreiben. „Ihre Nase müsste doch mittlerweile so lang sein wie…"
Unser Leben ist rumpelig und bröckelig geworden.
Julchens Computer bockte.
„Wir trauen diesem Server nicht!" liest man, wenn man ins Internet möchte – und natürlich: „Die *Kika* trifft natürlich *keine* Schuld!" seufzte das Julchen in mir stöhnend.
Pröppilein sei schuld, doch das Pröppilein kann da auch nichts für.

Abends wollte Ming einkaufen, doch ihm war das Geld ausgegangen.

Das Baby lärmte, und dünnte Julchens bröselige Nerven immer weiter aus.

Dann aber sorgte das Pröppilein zu später Stund für einen Sturm der Erheiterung, indem es plötzlich „Hopphopp!" sagte, und wie ein Häslein hoppelte.

Dies geschah, nachdem ich ihr die Hasenkarte erklärt habe, und das Julchen lachte so erfreut darüber, und war mit einem Schlage wieder froh gestimmt.

Samstag, 3. Mai

Zwar zuweilen sonnig,
doch am Himmel zeigten sich ganz viele weiße,
und doch feucht und schwer wirkende Wolken

Erst kommt das Alter, dann folgt der Tod, und ein bißchen fühlt man sich in der Mitte des Lebens, wie auf einem schäbigen Dampfer, der einen durch grellen Sonnenschein und kühlen Wind zu hässlichem Möwengekreische über einen an die Lethe erinnernden Fluß trägt. Vom einen zum anderen Ufer.

Pröppilein sei wach! freuten sich die Eltern liebevoll, und liebten ihr kleines Kind auch nach der durchplärrten Nacht immer noch.

Und nun saß mir, auf Mamas Schoß, das Pröppi mit seinen großen blauen Augen gegenüber, und aß ganz brav ein Butterbrot. Allerdings mit der Butter nach unten – nach Pröppilogik dem Betrachter abgewendet.

Ich erfuhr, daß das Pröppilein krank sei, und das Julchen bereute es unglaublich, zu der beknackten Maifeier gegangen zu sein, wozu Ming und Mutti Birgit sie überredet hatten, „...und dieser bescheuerten Pute die Hand zu geben!" tadelte das Julchen Ming leicht – doch für den sensiblen Ming sind´s Geschosse!

„Kleine Kinder werden immer ganz schnell wieder gesund!" versuchte ich zu trösten, doch es ist ja so, daß das Julchen nachts immer aufstehen muß, um die lärmende Kleine herumzutragen, und langsam keine Kraft mehr hat.

Dann aber wechselten wir das Thema, und das Julchen erzählte uns die spannende Geschichte von jenem Hirnforscher, der selber ein Psychopath sei. Wir lauschten gebannt, und konnten gar nicht genug von diesem packenden Thema bekommen. Sieben Mörder als Vorfahren!

Später saugte ich mich an dem Artikel im *Stern* regelrecht fest:

„Sie scheinen uns ein netter Herr zu sein!"

„Das täuscht! Ich spiele ein Spiel mit Ihnen…*Sie* mögen verbindende Gefühle entwickeln, mir sind Sie egal…"
(Dies klingt doch wohl sehr nach jenen typischen Steakfraß-Amerikanern, von denen die Insel Taiwan nur so wimmelt?)

Ich erfuhr, daß ein neues Baby im Bekanntenkreis mit einem Einstandsgeschenk bedacht werden sollte: In diesem Falle die kleine Anneke, Töchterchen von Rehleins Schülerin Beate K., die durch großen Zufall mit dem Julchen befreundet ist. Die Beate hat bereits eine andere Tochter: Die kleine Marieke, die leider nicht mehr süß sei.
Mit 9 Monaten war sie noch süß, erinnerte man sich, - aber nicht mehr lang.
Inzwischen sieht sie aus wie eine kleine Sekretärin.

Ming und ich probten die Mendelssohn-Sonate. Wieder nahm Ming das Heft des Geschehens sehr in die Hand, und ich bemühte mich drum, es ihm nicht krumm zu nehmen.
„Die Krummnehmung!"
(potenzieller Romantitel.)
Die wenigen Male, wo ich selber vielleicht mal eine Anmerkung zu machen pflege, würden von weniger sympathischen Probeneiferern als Ming einer ist, womöglich gleich patzig und ungeduldig aufgenommen?
„Kannst Du mal bitte sagen, was *genau* du willst??"

Mittags war Post gekommen:
Kreiskirchenamt Bremervörde.

„Eine Blitzung!" dachte ich seufzend, doch das Kreiskirchenamt blitzt ja eigentlich nicht, und so stellte ich mir eine viel schlimmere Eventualität vor:

Statt mir endlich meine 600€ zu überweisen, schreibt man mir: „Sie sind dabei beobachtet worden, am 11.4. gegen 16:00 in der Kirche eine wertvolle Vase entwendet zu haben. Die Staatsanwaltschaft hat die Ermittlung aufgenommen.

Doch es war bloß so, daß eine Sekretärin eine Unterschrift darüber wünschte, daß ich das eingeheimste Geld auch jaaa richtig versteure!

In einem kleinen gefalteten Papierbötchen scheine ich auf einem Bächlein zu treiben. Hoch über mir ein grüner Zweig, der sich nicht erreichen lässt.

Nur ein ganz loses, und hinzu geographisch ungeschicktes Konzertangebot hing an meinem Angelhaken: Herr Roller aus Nürnberg, der zwei Todesfälle im engsten Familienkreis zu beklagen hatte, die erst einmal gebührend bedauert werden mussten, machte mir eine Offerte, und freudig ging ich darauf ein.

Normalerweise modulieren die stringenten E-Musiker viel zu rasch vom professionellen Bedauern zu ihrem eigentlichen Begehr hin, ich aber räumte dem Bedauern über die Verblichenen,

die man nie hat kennenlernen dürfen, einen riesengroßen Platz in diesem Briefe ein.

Das Pröppilein, in seinem kleinen Arbeitswinkel
neben dem Ofen, malte so hingebungsvoll an
Bildern herum, wo bereits ein Bildchen draufge-
druckt war: z.B. ein Löwe oder ein Pferdchen.
„Schaut mal! Jetzt hat sie ein Pferdchen gemalt!"
rief ich.
Doch das Pröppilein hatte nur etwas grünes Gras
dazu gemalt, damit das Pferdchen was zu naschen
hat.

Sonntag, 4. Mai

Grau und kalt.
Zuweilen aber auch leicht aufgemildert

Ich erwachte, und ohne die Augen aufgeschlagen
zu haben, sah ich das Wetter mit meinem 7. Sinn:
Wie es sich hinter den schweren Jalousien in
Buzens Zimmer den Sonntag untertan machte.
Die Hand eines mürrischen Riesen schien die
Sonne zu überstülpen, und ihren Glanz abzuwür-
gen.

Fast hätte es einen finanziellen Aderlass für mich gegeben:

Die Not hatte mich dazu gebracht, Onkel Rainers Erbmasse in mir freizuschalten.

Und dem Rainer in mir war das Folgende nun gar nicht recht:

Uns war das Brot ausgegangen, und nun sah man eine Sparfalle vor sich, in die man unversehens hineingetappt war: Man spart am Samstag am Brote, und dann muß man es sich am Sonntag zum Wucherpreis bei ARAL beschaffen.

Wieder empfand ich die Frühstücksgespräche als außerordentlich erfüllend und interessant:

Wir erzählten dem Julchen vom Leben in der Grundschule in Taiwan:

Dort war es wirklich schön, so daß man sehr gerne in die Schule ging.

Wir berichteten vom Pausenhof, auf dem sich ein kleiner Laden befand, in dem man sich die schönsten Dinge kaufen konnte, und schilderten unseren sympathischen Lehrer Deng Chin Zhu, der von der Prügelstrafe kaum Gebrauch machte.

Das Julchen konnte es nicht glauben, daß die Prügelstrafe in Taiwan und Österreich zeitgleich erst zum 1. Juli 1973 abgeschafft wurde?

Es ginge doch wohl nicht an, daß die Lehrer in den 1960er Jahren einfach wild drauf losgeprügelt hätten?

Nein. Dies hätten sie auch nicht. Sie wurden ja nicht dazu angestiftet, sondern es lag als letzte pädagogische Maßnahme in ihrer Hand, flocht ich besänftigend ein, da ich stellvertretend für viele Lehrer nicht so ganz froh bin, daß die Prügelstrafe abgeschafft worden ist, und wir setzten die Erzählung aus Taiwan fort:

Immer wieder fuhr der Rolls-Royce aus dem Präsidentenpalast an der Schule vorbei, so daß die Schülerlotsen vor Schreck das Absperrband fallen ließen, um ganz starr vor Ehrfurcht zu salutieren.

In der Luxuskarosse saß Chiang Kai Shek mit seiner Frau Mei Ling, einer Dame, die so gerne eine Amerikanerin gewesen wäre, und sich somit amerikanerinnenhafter gab als so manch eine echte Amerikanerin. Sie wuchs in Amerika auf und sprach das geölteste Amerikanisch, das man sich überhaupt nur vorstellen kann, so daß sie bei Staatsbesuchen zu brillieren verstand, während ihr sprachlich wenig talentierter Gatte allenfalls ein: „Have a nice day!" zu formulieren verstand.

Ich wunderte mich, warum Ming & ich trotz Talent so mittelmäßige Schüler waren, und analysierte daran herum.

Ming tendierte dazu, auf Rehleinart „den Groschen erstmal nicht fallen zu lassen", und bei mir bildeten sich dalton*artige Auswüchse beim Verinnerlichen, die mich vom Lernpfade hinwegschwemmten.

*Das Daltonsyndrom: Wenn sich vor jeden Teilaspekt einer Tätigkeit zwei neue Teilaspekte schieben, die es einem verunmöglichen, „auf dem Pfade zu bleiben".

Ich wollte es in jedem Fach zur Weltspitze bringen, und verlor mich somit in Seitenzweigen, nach denen doch gar nicht gefragt wurde.

Doch niemand hat uns auf diese kleinen Denkfehler hingewiesen, was doch so einfach gewesen wäre!

Dann sprachen wir darüber, wie wir einst Lesen lernten:

Buz habe mir das Lesen beigebracht, und ich habe es rapide gelernt. Doch das Julchen glaubt es kaum, und mir schien es vielleicht bloß so?

Auf das Notenlesen legte Buz weniger Wert, was man daran sah, daß er vielen Schülern bloß Fingersätze ohne Noten auf ein Blatt Papier draufschrieb.

Der Opa fühlte sich für das Lateinische zuständig.

Ming las mir den Artikel über den psychopathischen Hirnforscher aus dem *Stern* vor, und ich lauschte der Geschichte somit ein drittes Mal gebannt!

Ich mußte dabei plötzlich an die Bea denken, deren Persönlichkeit ich unter der Beschreibung psychopathischer Züge hindurchschimmern zu fühlen glaubte, wie ich nun erzählte:

Die Bea habe keine Freunde, und ihr Leben sei so eng und izzelig eingewoben, daß sie fremde Leute,

34

die sie ohnehin nicht kennenlernen will, nicht einmal in Erzählungen duldet. Für sie zählt nur die direkte Familie, und „die Liebe" verwechselt sie eher mit Machtausübung und Kontrolle.

Jahrzehntelang hatte ich in dem Glauben gelebt, ihr psychopathischer Exmann Ric sei für das Scheitern der Ehe, und das Unglück der Kinder verantwortlich, und jetzt erwäge ich erstmals die Möglichkeit, daß dies alles ganz anders gewesen sein könnte?

Die Bea hat den Ric so oft unschön vor den Kopf gestoßen, daß er sich nur noch in Schweigen zu retten verstand.

Oberflächlich gesehen mag sie ihm eine primiche Ehefrau gewesen sein, die ihm immer seine glutenfreien Speisen zusammengerührt, und seine Hemden zusammengefaltet hat.

Doch emotional war er ihr nie verbunden.

Mittags fuhr ich mit Ming in den Georgswall, und aus dem Radio sprudelte der Kirsche als Schumann-Interpret: Zärtlich und in hellen Farben spielte er ein Werk von Robert.

Ein Spiel, gepflegt und nach frischem Rasierschaum duftend, doch mir steigt's schal ins Ohr.

Schon als wir losfuhren, näherte sich in der Graf-Enno Straße der Opa Willi auf dem Fahrrad.

„Der Opa!" rief ich zärtlich, und war so stolz auf ihn, als sei's mein eigener Opa.

Immer auf Achse für seine Lieben.

Wenig später fuhr er mit dem behelmten Pröppilein auf der Lenkstange wieder hinweg.

In Aurich fand heute ein Spektakel statt:
In der Fußgängerzone durfte man allgemein einen Stand aufbauen, wo man sich und seine Arbeit präsentieren konnte.
Und grad dort, wo auch wir mit dem „Musikalischen Sommer" vertreten waren, strebte ich nun hin.
An der Ampel lächelte ich einer Bohèmenatur aus der Graf-Enno-Str. zu. Man kennt sich vom Sehen und findet sich nett.
„Haben Sie Freude an Ihrer Nichte?" frug sie mich.
„Oh ja!"
Aurich schien schon ab dem Parkplatz am Georgswall aus allen Nähten zu platzen, doch der Menschenstrom, durch den man sich nun, grad wie in einer asiatischen Großstadt, hindurchzwängen mußte, war mir geradezu schmerzhaft fremd.
Schließlich fand ich unseren Stand, der allerdings wie ein Fremdkörper wirkte, und anhand dieser fremden Menschenmassen konnte ich mir nicht vorstellen, daß man etwas anderes als Nichtbeachtung, Hohn oder Spott für uns übrig habe?
Es bedienten zwei Hostessen, die ich noch gar nicht gekannt hab, und beim Gedanken, gleich selber Käufer zum Kauf zu animieren, fühlte ich mich seltsam bloßgestellt und verlegen.

Für einen Kartenkauf ab 150€ bekäme man eine schöne Midori-CD *geschenkt*, hatte sich das Julchen so rührend ausgedacht.

Drei Midori-CDs auf dem Tresenrand, verheißungsvoll verpackt wie kleine Pralinenschächtelchen, warteten somit auf rasch entschlossene, großzügige Käufer.

Dann hieß es, die sympathischen Hostessen hätten ja *doch* Zeit. Ich müsse also gar keine Käufer anwerben, sondern sollte stattdessen noch ein paar Prospekte holen – und, nein, gekauft habe noch niemand etwas, aber man müsse sich ja erst durch den Prospekt hindurchblättern.

Und so wühlte ich mich durch üppigsten Menschenstrom wieder heim.

Einmal begegnete ich auf diesem Wimmelbild Frau Fritzsche, einer Nachbarin, mit welcher man einst in guten Zeiten auf nahezu freundschaftlichem Fuße stand, und empfand sie nun als äußerst reserviert. Sie wackelte nur schnell und unverbindlich mit dem Kopf, ohne eine Spur Freundlichkeit in ihren Zügen, und sah zu, rasch weiterzukommen.

Als ich endlich wieder an unserem Stand eintraf, hielt Ming das Händi am Ohr, und erzählte händeringend, daß er schon verzweifelt war.

Ich sei eine *halbe Stunde* weggewesen, und *er* hätte fünf Minuten dafür gebraucht!

Ming war sehr tadelig und aufgebracht, aber jetzt war ich ja da.

Später rief mich Ming nochmals an, und war so freundlich, als habe es in ihm geknabbert.
Jetzt bat er mich, ihn und die ganzen Prospekte mit dem Auto abzuholen.
Ich setzte mich in Mings Auto, und aus dem Radio tönte Dvoraks Neunte.
Auf dem Behinderten-Parkplatz am Georgswall öffnete ich die Autotür, und ließ die Musik laut aufdröhnen, um die Vorbeiflanierenden zu elektrisieren. Doch niemand ließ sich die Elektrisierung anmerken, so daß man in seiner Trunkenheit und Begeisterung allein auf weiter Flur zu stehen schien.
Allerdings war´s auch bloß von Claudio Abbado dirigiert, und somit klang´s auch eher schamhaft, wie mit einem Feigenblatt umhüllt, da der Claudio ein sehr zurückhaltender Mensch war, der seine Gefühle auf holsteinische Weise gern unter Dach und Fach hielt.

Montag, 5. Mai

Die Sonne schimmerte durch,
so jedoch leider auf eher verquollen
und norddeutsche Weise

Dienstbeginn!

Doch daß zwischen 9 und 9:28 nur ein vereinzelter Anruf kam?!

Ich erfuhr, daß heut kein sonderlicher Ansturm zu erwarten war, und so könne ich ohne weiteres auch etwas anderes nebenher betreiben.

Das Julchen hatte auf rührende Weise für mich vorgedacht: Ich könne ins Tagebuch schreiben, und wenn jemand anruft, so schalte ich einfach die Stopuhr ab, und widme mich dann dem Kunden.

Später bekam ich gar ein Lob für meine ruhige, freundliche Art, und die „Ich-lerne-noch-Milena" (so ein Pickerl auf ihrem Hemde) von der Ming oft erzählt, um sie als ein zu bespöttelndes Beispiel zu nutzen, von dem nur zu lernen wäre, wie man *nicht* sein möge, sei immer so hektisch gewesen, erzählte uns das Julchen an der Frühstückstafel.

Die Milena arbeitet beim Pizzabringdienst, und dort wird auf Zeit gearbeitet.

Ich arbeitete jedenfalls mit großer Begeisterung.

Pröppilein an der Frühstückstafel trug ein so goldiges Kuchenhäubchen auf dem Haupt.

Bereit für einen schönen Maientag.

Später half ich dem Julchen beim Einkuvertieren der Prospekte. Zwar ungeschickt, so doch bemüht. ← Dies zumindest könnte das Julchen auf mein Zeugnis schreiben, mit dem ich mich sodann weiterbewerben oder gar brüsten könne.

Ich scherzte über die Idee, in der Zeitung könne zu lesen sein:

Matthias Kirschneroth stellt seine neue CD „Schaumgebremst" vor.

„Der ist sowieso ein Psychopath – nach meinem jetzigen Wissen", dachte ich bös, und schwenkte auch gleich wieder die Rede auf die Bea, mit der man sich emotional nie verbunden fühlt.
Ob dies ein Zeichen für Psychopathie sei?
Ja, dies sei es.

Mir als Telefonfräulein ging es so, wie einst Michail Bulgakow als jungem Arzt: Ständig kamen Patienten mit eigentümlichen Symptomen, von denen man noch nie gehört hatte…
…jeder Kartenkäufer wirbelt neue Probleme auf, an die man noch gar nicht gedacht hatte.
Seufzend versetzte ich mich in das Julchen hinein:
Man engagiert jemanden als Kartenverkaufs-fräulein, und dieser Jemand überbringt einem ständig eine neue Problemmeldung!
Und nun überbrachte ich dem Julchen im Computer-Kabüff die Problemmeldung einer Dame.

Das Julchen stöhnte ein bißchen.

„Nicht so schlimm!" sagte sie nach einer Weile, „du brauchst kein bedauerndes Gesicht zu machen."
Doch ebensogut hätte sie auch sagen können:
„Du kannst Dir Dein falsches Bedauern sparen."

Das Julchen legte sich auf das Canapé und sagte mit leicht belustigtem Lächeln: „Ich habe das Gefühl, daß wir eigentlich unentwegt Urlaub haben – ihr auch?"
„Ja!" sagte ich.

Ming durfte in einen kleinen Kalender schreiben, was das Pröppilein schon alles kann, denn das dicke Babybuch war verschwunden.
Und gewissenhaft trug Ming ein, daß das Pröppilein heute „Telpon" gesagt hat.

Das Pröppilein hatte sein Katzenköfferlein gepackt, und zweimal donnerte der kleine Blechkoffer laut und scheppernd auf den Asphalt.
„Die mußt du liiiieb haben!" sagte ich und machte vor, wie das Kätzlein auf der Oberfläche weint.
„Gib ihr schnell einen Butz, damit sie wieder lustig ist!" riet ich, und das Pröppilein quetschte sein Näsle drauf.

Pröppilein spielte mit Papas großen Schuhen im Flur, öffnete sodann das Buch mit den Bastelhits,

schlug siegesgewiss eine Seite auf, auf der ein Fußball zu sehen war, und rief: „Bumm!"
Dann packte es die Enden der Kuchenhaube auf ihrem kleinen Haupt, und zog sie sich zur Belustigung der Umherstehenden mitten ins Gesicht.

Dienstag, 6. Mai
Aurich

Trübe und drösig.
Erst am Abend, nach 20 Uhr, ein zerrupfter Wolkenteppich, und einige der Wölkchen erstrahlten in zart rosa Tönungen

Kartenverkaufsbedingt mußte ich mich früh erheben, und die Süße des Schlummers stak mir noch so sehr im Gebein, daß der regentrübe ostfriesische Maientag fürwahr schlecht mit der schwindenden Nacht konkurrieren konnte, als ich mich im Rahmen meiner Möglichkeiten in eine schlichte Tagestauglichkeitsform zwängte.
Vor dem Hause schlich ein älterer Herr mit quadratischem Haupte herum, und um Punkt 9 Uhr nahm er sich ein Herz und schellte an der Türe. Oben hörte man das Baby babbeln.

Ich bat den Herrn in Buzens Schlafstube, verschönigte das zerwühlte Bett notdürftig, und widmete mich dem Kunden mit freundlicher Hingabe.

Er hieß „Herr Stöhr", und hatte sich seine Wünsche gewissenhaft notiert.

Wenige waren es eben nicht.

„Karten für 380 € verkauft!" wie ich nach seinem Hinfortweichen nun freudig in den Oberstock hinauf rief.

Beim Frühstück pflegt das Pröppilein auf Julchens Knien zu sitzen, und wirkt dabei immer ganz ernst, fast verklärt: Die blauen Augen verträumt in die Lüfte gerichtet, und von Flugobjekten, insbesondere Flugzeugen, sei das Pröppilein begeistert wie einst der junge Ming, erfuhr ich.

Ming erzählte, daß er früher als Kleinkind auch nie müde wurde, und immer der Letzte war, der zu Bett ging.

Auf dem Tisch stand eine Marmelade der Firma Zentis.

„10 % gratis!" wurde man von einem Spruchband auf dem Glas angejubelt.

„Ich glaube, ich nehm die 10 % Gratis!" sagte ich, zumal ich den jungen Leuten nicht auf der Tasche liegen mag.

„Die sind, glaub ich, schon weg!" meinte das Julchen (recht) lustig.

Am Vormittag übten Ming und ich die Grieg-Sonate in c-moll, und wegen jeder Kleinigkeit rief das Pröppilein: „Papa! Paapaaaa!"

Es malte, und alles, was es gemalt hatte, mußte Ming bestaunen.

„Julchen!" rief Ming dann begeistert, um dem Julchen die kleinen Episoden aus Pröppis Leben ofenwarm zu erzählen, und es klang so wie damals, wenn der Opa über eine Großtat vom kleinen Rehlein vielleicht begeistert „Mutttti!" rief.

Hi und da freute ich mich über einen Anruf, und führte meine Arbeit als Telefonfräulein mit Feuereifer aus.

Ein Herr Müller aus Emden war nett!

Und als nächstes rief eine 85-jährige „Frau Oltmanns" an.

Ich erfuhr, daß ihre Schwiegermutter früher in *unserem* Hause gelebt habe.

Bei unserem ersten Konzert in Ostfriesland im Jahre 1976 in der nahegelegenen Kreisstadt Norden seien so wenig Zuhörer gekommen, und Rehlein war so enttäuscht!

Das Mittagessen nahmen wir trotz der bräsigen Wetterlage auf der Terrasse ein.

Pröppileins Eßtechnik schien sich etwas verschlechtert zu haben, indem sie den Löffel immer schon *vor* dem Munde kippte.

Das Julchen kuschelte sich auf der Terrassen-Scheselong zurecht, und dann begann es leise zu regnen.

„Euer Kaffee wird naßgeregnet!" rief ich infantil, und das Julchen lachte über den Kindermund.

Ming telefonierte mit Frau Ludwig von der TAZ, und wir erfuhren, daß Frau Ludwig die investigative Arbeit, der wir doch so entgegenfiebern, ersteinmal auf die lange Bank geschoben hat.

Sie käme einfach nicht weiter, und überhaupt sei's zäh:

Irgendwann Ende Juni begänne das Berufungsverfahren vor dem Landgericht.

Die OL* will uns gar nichts zahlen, da sie in Friesenlogik meint, Buz habe ja gar nichts für die Gezeitenkonzerte getan!

Absurd für den klugen Ming.

Doch Ming hat mittlerweile gelernt, daß es erwachsene Menschen gibt, denen dies offenbar nicht absurd scheint.

*Ostfriesische Landschaft: Eine Körperschaft von zweifelhaftem Ruf. Fast könne man meinen auch Ostfriesland sei ein Operettenstaat?

Mittwoch, 7. Mai
Aurich

Grau und feucht verquollen,
doch hinter den Wolken
schienen sich matte Glühbirnen zu verbergen

Ming erinnerte mich daran, daß ich mich erheben möge, denn gleich ginge der Vorverkauf los. Natürlich!

„Noch einen Kuß!" wünschte ich mir, und hier merkte ich's ja doch freudig, wie Ming, auch wenn die Zeit noch so sehr zwickt, gottlob anders ist als das Beätchen.

Obwohl:

Knabbert's im Beätchen nicht auch immer?

Gefühlig istse ja, auch wenn der Tiefenpsychologe in diesem Zusammenhang wohl auf den Unterschied zwischen Sentimentsduselei und echtem Gefühl hinweisen würde?

Ming brachte mir noch ein ganz kleines Küßchen, eher ein Picken, und wollte wissen, wie es mit meinem Schnupfen wohl weitergegangen sei?

„Der ist vollkommen verschwunden!" brüstete ich mich auf Buzesart, doch der bakterienfürchtende Ming traute dem Braten nicht.

„Vor deinem Bett liegen doch ganz viel Schnupftücher!" tadelte er, und nahm mich in gewisser Weise symbolisch an den Ohren, um selbige in die

Länge zu ziehen, und mich an meine Wahrheits-
liebe zu erinnern.

Ming erinnerte mich an jenen Herrn in Leer, der
einst einfach über einen winzigen Kratzer am
Klavier, der hinzu vorher schon da war, gesagt hat:
„….ist erheblicher Sachschaden entstanden!"

Ich beschloss, der Bea zu schreiben, daß ich
meinen Petaluma-Report gar nicht schlecht fände,
und nun zu einem Roman umzuschreiben ge-
dächte, denn so wie er jetzt ist, kann er ja nur den
allerengsten Verwandten vorgelegt werden.
Um ihn zu einem Roman zu formen, müssten
sämtliche Personen umbenannt werden, und *sie*
solle „Frau Izzele" heißen.
(Sie habe noch zwei Stunden lang Gelegenheit, mir
einen anderen Namensvorschlag zu unterbreiten.)
Ein Roman müsse zudem auch in anderen Details
etwas verändert werden, und die Frau Izzele, sei
dann gar nicht mehr meine Tante, sondern eine
ehemalige Stiefgroßnachbarin, die schon vor
Jahrzehnten in die Staaten ausgewandert ist. Jetzt
sei sie schon zum zweiten male geschieden, weil sie
immer so izzelig war, und beide Exmänner sich ihr
emotional nie so richtig verbunden fühlten.

Hi und da riefen ein paar Kunden an, und ich als
Telefonierfräulein, dem Müßiggang minutenweise
enthoben, fühlte mich minutenweise nutz.

Einmal rief meine betagte schwäbische Freundin, Frau Ohling an.

Frau Ohling verwendete sehr viel Mühe drauf, für ein Schlagzeugkonzert gute Plätze zu bekommen, und fühlte sich dabei sehr verlegen, mir womöglich wertvolle Zeit zu stehlen?

„Sie stören nie!" sagte ich warm.

Ming und ich probten, und spielten ausgezeichnet. Doch in der Mendelssohn-Sonate irrte ich mich zuweilen, und Ming führte diese Irrungen in Mingeslogik darauf zurück, daß ich den Klaviertext wohl nicht kenne?

Dies dachte Ming besonders, als man das Wiederholungszeichen im ersten Satz überschritten, und „ich gemeint haben will, daß er wiederhole?" (schlug Ming innerlich wohl die Hände über dem Kopf zusammen.)

Ob Ming in Mißinterpretierungslogik womöglich denkt, ich zähle in Achteln?

Donnerstag, 8. Mai
Aurich

Ein Huultag. Es regnete schwer und lastend

Am Morgen hörte man es gießen, und das Julchen schmollte leicht.

Es war nämlich so, daß das Julchen jene Tage, wo Ming unterwegs wäre, dazu nutzen wollte, um mit ihren Eltern Ferien auf Juist zu machen.

Doch dann habe Ming Trübsal geblasen, und es nicht einsehen wollte, daß sie ohne ihn Ferien machen wolle.

Das Julchen sagte die Ferien mit den Eltern schweren Herzens wieder ab, und die Eltern luden statt ihrer nun die Omi zu diesem kleinen Urlaub ein, so daß der Ferienplatz, der sich dem Julchen doch wie auf dem Silbertablett präsentiert hatte, somit vergeben ist.

„Und ich kann jetzt allein daheim sitzen!" schmollte das Julchen weiter.

Es riefen mehrere Käufer an, und ich sprang immer mit Begeisterung auf.

„Vertraute Heimatklänge!" rief ich einmal freudig auf schwäbisch aus, als ich einen schwäbischen Akzent vernahm. Doch ob es der Dame recht war? Jetzt tat mir dieser voreilige Ausruf etwas leid, da die Dame ja vielleicht Komplexe hat, oder aber der Meinung ist, dererlei gehöre nicht in ein Geschäftsgespräch?

Erzählt man außerhalb vom Schwabenland, daß man aus dem Schwabenland käme, so lachen die Leute und sagen: „Schaffe, schaffe Häusle baue…" und dies zuweilen gar mit plattdeutschem Einschlag!

Man wandert nach Ostfriesland aus, möchte sich so schnell als möglich integrieren, und als „einer der Ihren" anerkannt und respektiert werden, und wird doch während einer simplen Kartenbestellung als Fremdling enttarnt.

Ich erzählte Ming, daß ein Gespräch mit einem unbekannten Hessen zuweilen sehr entspannend sein kann. Sitze ich beispielsweise im Netto bei einer Tasse Kaffee, und plaudere mit irgendjemandem, so fühle ich mich hernach so wohl, als hätte ich für 180€ eine Stunde bei einem staatlich geprüften Psychiater abgesessen.
Völlig anders, als wenn man beispielsweise mit einem Auricher ein torfig erdschweres Gespräch darüber führen muß, ob Mutti nun hauptsächlich in Wien sei?

Über das bezaubernde Desktopbild, das Ming mit dem Baby beim Schlummern auf dem Sofa zeigt, sagte das Pröppilein: „Papa!" und „Beebi!"
Und das Julchen jubelte vor Begeisterung, daß das Pröppilein nun spricht!

Einmal rief Herr Friese aus der Kfz-Werkstatt an, und schon wieder bekam mein Leben eine dramatische Wende: Es läge keinesfalls an der Glühbirne, daß das Licht am Auto nicht mehr anspringt – nein, nun sei etwas mit der Elektronik im Unlot, das sich auf die Schnelle nicht beheben ließe.

Und dies, wo ich das Auto für die Reise morgen doch dringend brauche!

Finanziell nun gänzlich am Arsche angelangt, bemühte ich mich um eine Orchesterstelle, und telefonierte mit einem freundlichen Fräulein vom Beethoven-Orchester Bonn, von welchem ich erfuhr, daß bereits über hundert Bewerbungen eingegangen seien.

In Köln versuchte ich mein Glück als Konzertmeisterin, und dann nützte ich die erste Pause, um zu Herrn Friese zu wetzen.

Herr Friese befand sich grad auf Probefahrt, doch sein Gehilfe war so mitleidig und gut zu mir. Ja, dies könnte wohl etwas teurer werden, meinte er mitleidsvoll – und nun müsste doch bald mal der berühmte „Ausgleich" kommen, von dem der Friedel immer spricht!

Als nächstes radelte ich zur Post und hob 70€ ab, die sich für einen armen Menschen ja ganz schön üppig ausnehmen.

Gleichwohl bettete ich etwas später den 50€-Schein, den mir meine Lieblingstante Antje zum Geburtstag geschenkt hat, in ein Kuvert, und schrieb darauf: „Meine Ersparnisse".

Diese 50 € machen´s!

Den 50€ Schein von der Tante Antje aus dem Jahre 2012, den ich immer noch nach Art einer gebogenen Wurst für die Not in Ehren halte.

Am Nachmittag radelte ich durch den Nieselregen zu „Wüstenrot".

Dem netten Herrn dort, der von Ming mit einem Kompliment bedacht worden war, wollte ich erzählen, daß ich das Gefühl habe, die Mitarbeiter hätten alle eine Spezialschulung hinter sich, wo gelehrt wurde, den Kunden so viele Verwirrnisse aufzutischen, bis auch noch die allerletzte Klarheit beseitigt ist.

Stattdessen wurde ich aber von Frau Holzhausen bedient, und fand sie sehr nett: Eine Dame mit großer mütterlich ausladender Brust.

Von ihr erfuhr ich, daß mein Sparguthaben erst nachträglich auf 4% Zinsen verzinst wird, sobald ich 8000 € angespart habe- Etwas, wofür ich bei meinem Spartempo wohl noch 30 Jahre bräuchte.

Daheim las ich über eine bitterböse Frau aus Dresden nach, die womöglich noch schlimmer war als das böse Uschilein:

Sie neidete einer Arbeitskollegin ihre schönen Besitztümer.

Zum Schein freundete sie sich mit dieser Dame an und behauptete, ein ganz tolles Weihnachtsgeschenk für den 7-jährigen Heinz zu haben.

Sie lud Mutter und Sohn zu sich nach Hause ein, schnitt der Frau überraschend von hinten die Kehle durch, ermordete auch den kleinen Heinz, zerteilte die beiden, und entsorgte die Leichenteile in Mülltonnen im Park und am Bahnhof.

Dann griff sie sich den Hausschlüssel der Ermordeten, und holte all die Sachen, die sie begehrte aus deren Wohnung.

Die böse Frau hieß Frieda Lehmann, und wurde zum Tode verurteilt. Sie starb durch das Fallbeil, und ihre Skelettreste wurden im Hygienemuseum in Dresden aufgehängt, als sollte es den Besuchern bedeuten: „Schaut her! So kann´s kommen. So sieht man sich".

Mit diesem schauerlichen Wissen behaftet, besuchte ich meine Freundin Maria, um ihre neue Küche zu bestaunen, und über die Möbelstücke hinweg, schlug ich gedanklich einen Bogen zu Onkel Dölein und seinem Frauengeschmack:

Nun steht die neue Küche nun mal da, und man kann nur hoffen, daß sie allgemein gefällt und einen gewissen Geschmack verrät.

Und ebenso erging es Onkel Dölein nach seiner Eheschließung: Jetzt hatte er die Frau nunmal geheiratet, und ihm blieb nur zu hoffen, daß sie zu seinen Möbeln und seinem Leben passen würde.

Die Maria bekam von einer Dame namens Birgit eine Karte für ein Gezeitenkonzert geschenkt: Nils Mönkemeyer auf der Viola! Doch Vati Erhard sagte ganz in meinem Sinne: „Wir gehen nicht zu denen, denen vom Landkreis alles in den Arsch geschoben wird! Wir gehen zu Euch!"

Freitag, 9. Mai
Aurich – Appen – Hamburg

Vorwiegend Huulwetter. Manchmal Starkregene

Während das friesische Huulwetter von gestern seinen Fortgang fand, zelebrierte ich mein persönliches Huulwetter im Duschhäusl.
Dies jedoch warm und prickelnd.
Wie glühende Lockenwickler *auf* dem Haupt, saßen mir lodernde Bedenkungen *im* Haupt.

Wieder nahm ich meine Aufgabe als Telefonier-fräulein ernst:
Herr Hanfeld diktierte mir seinen Namen multipel, doch er fand einfach keinen Halt in meiner welken Ohrmuschel, und vielleicht war es dem freund-lichen Herrn auch ein wenig arg mit mir?
„Hat die Freundlichkeit nicht bereits einen ganz leichten Stich bekommen?" bangte ich unfroh.
Das Pröppilein klopfte auf dem blechernen Katzenkoffer herum und rief multipel und mit der Attitüde, daß es da keine Diskussionen gäbe: „Ät auuuuu! Ät auuuu!" (Eine Sprache aus dem Busch, die ich leider nicht verstand).
Dann packte es eines der Kärtchen aus dem Bildungskarton, und hielt es mir examinierend unters Auge: Eine Brille.

Da die Reise nach Hamburg unaufschiebbar geworden war, das Licht an meinem Auto jedoch nicht funktionierte, hatten wir uns darauf geeinigt, daß ich mit Mings Auto fahre, und Ming mit dem Meinigen morgen bei Tageslicht nachreist. Wir wollten uns in einem ruhigen Hamburger Stadtteil treffen, und dort sodann mit seinem Auto nach Lübke-Koog reisen.

Zur Mittagsstund fuhr ich Richtung Hamburg und hörte „NDR-Kultur".

Im Radio sprach Elisabeth Leopold, die Mutter vom Rudi, und Chefin des Wiener Leopold-Museums, die, hochbetagt, in lakonischen Worten und Wiener Mundart nur das Nötigste zu sagen pflegt:

„Eines vorweg: Es handelt sich nicht um eine Kriegsausstellung, sondern um eine Anti-Kriegsausstellung – nie wieder Krieg!!" hörte man die Uraltstimme in meinem Auto, knapp und auf den Punkt gebracht, sagen.

Hi und da gischtete Starkregen.

Irgendwann näherte ich mich dem Elbtunnel, und auf der Gegenfahrbahn herrschte rasendster Stau (natürlich unrasendster Natur, so jedoch rasend stimmend.)

Der Regen tobte trommelnd und gischtend, und erst kurz vor der Ausfahrt Pinneberg begann der Verkehr, wenn auch höchst zäh, wieder ein bißchen loszuruckeln.

Wegen dem schrecklichen Wetter war ich gezwungen, den Besuch bei der Tante Irma abzusagen, aber die Irma hatte doch extra einen Kuchen gebacken, und Leckereien zum Frühstück besorgt – von diffusen Erwartungen und Hoffnungen beflammt, Ming könne mitkommen. Schon beim letzten Besuch hatte die Irma angedeutet, sie vermisse mal ein gescheites Gespräch mit einem Mann.

Der erste Mensch, den ich in Appen kennenlernte, war der Kirchendiener, Herr Henning. Doch während ich ihn noch kennenlernte, bemerkte ich, daß ich ihn ja eh schon kenne.
Herr Henning jedoch erinnerte sich nicht. Er trug eine Mütze wie der Yossi, und wieder mußte ich an den mörderischen Kirchendiener Dennis Rader* denken.
Ich stellte mir vor, *wie die Robin**in Amerika ebenfalls Kirchenkonzerte gibt, und vielleicht einmal einen Brief dieser Art bekam:*
„Herr Rader, unser Präsident, hat sich freundlicherweise bereit erklärt, Ihnen die Türe zu öffnen, und sie vor dem Konzert zu betreuen!"
*Serienmörder und ehem. Kirchenpräsident in Wichita (Kansas) – im Bibelgürtel der USA
**Robin: Eine Geigerin

Ich stand in einem Mendelssohn-Wirbel auf der Bühne, und einmal lief Herr Henning, diesmal mit einer Krawatte verschönt, auf mich zu. „Sie hatten recht. Wir kennen uns!" sagte er. Seine Frau habe sich erinnert.

Herr Henning erinnerte mich erneut leicht an den Yossi, schien aber im Gegensatz zu dem fanatischen Musiker aus Israel kein großes Ohr für die Musik zu haben, indem er einfach nur so dasaß. Die Töne aus meiner Violine pfiffen wie gedämpfte Geschosse an seinen welken Ohren vorbei.

Hi und da hörte man das schwere Kirchportal knarzen, doch die Hoffnung schrumpfte mit jedem Knarz, da einem bald klar wurde, daß das Portal einfach nur so, um des Knarzen Willen knarzt, und keinesfalls um einen interessierten Besucher anzukündigen.

Wetterbedingt war es in dem kleinen Künstlerkabüff, in welchem ich mich umkleidete, sehr düster.

Kurz vor 19 Uhr hörte man dann doch vereinzelte Stimmen, und ich schöpfte wieder Hoffnung. Inzwischen war ich in mein Gewand gestiegen, und versuchte, meinem Spiegelbild noch etwas abzugewinnen.

Herr Henning meinte, es seien zwei Leute gekommen, die gerne wissen würden, was sie da wohl erwarte, und ich möge doch mal hervor kommen.

Ein schwaches, kaum merkliches Lächeln erhellte das ratlose Altherrengesicht.

Schließlich saßen da ein paar Hörfreudige, und andere wiederum verzupften sich rasch wieder, da ihnen einfach zu wenig Publikum erschienen war.

„Da fehlt das ganze Ambiente!" hörte man einen Herrn sagen.

„Guten Abend, meine sehr geehrten Damen und Herren!" sagte ich nett, „ich freue mich über jeden Einzelnen!" Man lachte, und dann legte ich los, und tatsächlich spielte ich mein ganzes Programm, und die vier Damen die erschienen waren, applaudierten mir freundlich und begeistert zu. Dann wurde auch noch ein Sammelfoto auf der Bühne mit dem Publikum geschossen, da die Fotogräfin zu schreiben plante, daß dies ein schönes Privatkonzert gewesen sei.

Man freundete sich direkt ein bißchen mit dem Damenkränzchen an, so daß man seinen Kummer beiseite schieben konnte.

Eine Dame erzählte von Mischa Maisky, der in der Laeiszhalle gespielt habe, allerdings kurz davor stand, krank zu werden.

Zu diesen Worten fiel mir auf, daß sich der prä- oder post-grippale Infekt wie ein roter Faden durch das ganze Leben von Mischa Maisky zu ziehen scheint. Ein jeder hat seine Leidensschiene.

Man kennt den dauerverschnupften Meister-cellisten so quasi nur in jener Form, in welcher er kurz davor steht, ernsthaft krank zu werden, oder aber soeben eine schwere Erkrankung halbwegs überstanden hat.

Ich nahm 45 € ein, und 10 € davon stopfte ich in das Kuvert mit den Ersparnissen, das so allmählich anschwillt: 90 €!

Nach dem Konzert fuhr ich im Dauerregen in den Heerbuckhoop in Hamburg zu Christian und Erika.
Freundlich empfangen vom Christian – später von der Erika.
Auf dem Tisch in der Küche lag ein Kinderbuch mit dem Titel: „Wo ist Walter jetzt?"
Für die Erika gibt's abends genug zum Rumkrümeln, so daß ich mit dem Christian allein in ein kleines China-Lokal am Wegesrand fuhr – niedrig, mit billigstem chinesischen Pomp überladen, und gesalzenen Preisen.
Außer uns saß nur noch ein Pärchen da, und dieses Pärchen verschwand im Laufe des Abends, so daß wir nurmehr die Einzigen waren und blieben.
Am Tresen stand eine mehr oder minder zur Untätigkeit verdammte Blonde, mit mürrisch verdrossenem leicht feindlichen Ausdruck im Gesicht, erinnernd an Olga Hepnerova, die böse Frau aus Prag.
Beim letzten Mal hatten Christian und ich über das Asperger-Syndrom gesprochen, das zu jenem Zeitpunkt in aller Munde war, und heut sprachen wir über Psychopathen, die wiederum *derzeit* in aller Munde sind.

Der Christian, der bei Themen dieser Art stets sehr in der Spur ist, riet, tief in sich hineinzuhorchen, ob man nicht vielleicht doch ein Psychopath sei?

So zu tun, als sei man gut, ist ja leicht, aber empfindet man wirklich etwas dabei, wenn man jemandem eine Freundlichkeit sagt, oder ist es bloß hohles Gerede, was man da von sich gibt?

Abends saßen wir noch daheim im Kuscheleck, und ich liebe es, wenn die Erika redet, und wünschte, sie wäre meine beste Freundin.

Leider mußte man erfahren, daß ihre Mutti in Gifhorn schon seit dem Sommer im Sterben läge.

Papi wird in wenigen Wochen neunzig, und muß sich wohl oder übel damit abfinden, den Rest des Lebens demnächst allein zu durchächzen.

Trotz des fortgeschrittenen Alters muß der alte Mann nun allerlei dazulernen: z.B. die Mikrowelle zu bedienen.

Einmal wurde die Erika etwas laut, weil der Christian äußerst unklug mit dem Hund agierte.

Seine Hand habe <u>nichts</u> in der Hundeschnautze zu suchen! wurde sie laut und pampig – auch wenn´s ja nur zu seinem Besten war.

Samstag, 10. Mai
Hamburg – Lübke-Koog

Sehr grau. Oft strömender Regen

Am Morgen erahnte man die trostlose Wetterlage
bereits durch die geschlossenen Augenlider und
Rolläden.

Die Kinder lärmten, und dann wurde ich dem Bett-
behagen entrupft, da man den Tisch im Wohnzimmer, in welchem ich nächtigte, für das
Samstagsprogramm benötigte.

Mutti Erika führt ein straffes Regiment, da sie sich
bereits vor geraumer Zeit stöhnend hat eingestehen
müssen, daß sie sich in ihrem Ehemann keine
„starke Schulter zum Anlehnen", sondern eher so
etwas wie ein erstes Kind herbeigeangelt hatte.

„Jetzt frag mal die Kika, was sie essen möchte!"
trug Vati Christian dem kleinen fädchendünnen
„Aspi*" Nico auf.

*Einem Kind, das mit dem sog. „Asperger-Syndrom"
bestempelt wurde.

„Was willst du essen?" frug der Knirps mit seinem
aspergerbedingt gerissenen, oder gar nicht erst
vorhandenen Auratentakeln zum Seelenheil
anderer.

„Ich brauch gar nichts zu essen!" sagte ich beschei-
den, doch sagt man dererlei, so denkt das verun-
sicherte Familienoberhaupt Christian alsbald:

61

„Man darf sich nicht aufdrängen!"

Mutti Erika hatte in Windeseile das Frühstück für ihre Lieben aufgebaut, und auch ich durfte mich dazusetzen, und für eine Weile als fünftes Familienmitglied fühlen.

Man griff sich bei den Händen, und der Nico durfte das Gebet sprechen. Doch aspergerbedingt sagte er leider nur einen wenig empfundenen, eher undichterisch klingenden Einzeiler auf, und hinzu ganz schnell, frei von jeglichem feierlichen Empfinden, und ohne den Satz in einen melodischen Bogen zu packen:

„Danke für das Essen, JESUS!"

Ich aß zwei runde Goldtöster, und wieder liebte ich es, Erikas Ausführungen zu lauschen, die jedoch nach kürzester Zeit leider traurig wurden:

Die gesundheitlich stark Gebeutelte bekam ihre zweite Darmentzündung binnen kürzestem, und nun hörte man aus berufenem Munde ein barsches „Ab unters Messer!"

Demnächst soll ein kleines Stück vom Darm entfernt werden – Divertikulose! Doch die Erika frug: „Gibt es keine Alternative? Ich muß mich um meine sterbende Mutter und meinen alternden Vater kümmern!"

Der kleine Lion hatte sich die deutsche Flagge ins Gesicht gewalzt. Doch die Farbe ist leider nicht besonders wetterfest, und nach kurzer Zeit sieht man bereits ganz verschmiert aus!

Bei denen gibt es eine sog. „Redekarte", und man darf nur reden, wenn man die in Händen hält.

Und wenn man ausgeredet hat, so darf man sie jemandem reichen, dem man nun das Wort erteilen möchte.

Mich interessierte es sehr, was für Stärken und Schwächen die wohl alle haben, und referierungsfreudig begann Mutti Erika loszureferieren, und wieder liebte ich es, ihr zu lauschen.

Ihre Schwäche sei es, daß sie so viel rede, doch sie liebe Musik, habe Humor, und könne gut lesen und schreiben.

Der Lion sagte so rührend: „Ich bin auch jemand, der viel Freude an schöner Musik hat!"

Dann zählte er sein Taschengeld zusammen, denn Mutti Erika plante einen Frisörbesuch mit ihren beiden Söhnen, und neulich hat es der Lion so bedauert, sein Taschengeld daheim vergessen zu haben, da er der freundlichen Frisöse gern ein Trinkgeld gegeben hätte.

Der kleine Lion, der im August 7 Jahre alt wird, und bereits in die Schule geht, ist ein so süßer Mensch.

Der Christian habe leider ein chronisch schlechtes Gewissen, dem man mit keinen Worten oder Gedanken beizukommen vermag, und so habe er sich erboten, ehrenamtlich in der Gemeinde zu putzen. Dauernd will er es allen recht machen, doch als ich mal auf dem Klosett abgängig war, da hörte ich aus der Ferne, wie die Erika etwas laut wurde, weil der Christian **endlich lernen möge, Verantwortung zu übernehmen, und erwachsen zu werden**, wie sie ihn nun energisch beschäumte.

Ich stellte mir vor, ich sei eine bitterböse Frau wie das Uschilein, oder auch der grundverderbte Kirchenpräsident Dennis Rader, der Befriedigung aus seiner Bosheit zu ziehen pflegt: *Ich nenne Ming einfach irgendeine frei erfundene Adresse in Hamburg, und der arme Ming findet und findet das Haus nicht. Doch ich am Telefon sag bloß unwirsch: „Schau doch mal gescheit. Das kann so schwer nicht sein. Ich hab´s doch wohl auch gefunden!"*

Die Erika blieb mit den Kindern nur kurz weg, da man absolut keinen Parkplatz gefunden hatte.

Mutti Erika machte sich nun von Frau zu Frau Luft über den Christian, und bei manch einer Passage vibrierte ihre Stimme vor Hohn und Entgeisterung:
Er mit seinem chronisch schlechten Gewissen meint, unbedingt in der Kirchengemeinde putzen zu müssen, und innerhalb der Familie kneift die Zeit doch wirklich an allen Ecken und Enden! Die Zimmer müssten beispielsweise dringend renoviert werden!
In Neuseeland habe der Christian mal sein Auto verkauft. Er verkaufte es einem Freund zum Spott-

preis, während die bodenständige Erika es nicht fassen konnte!

Sie konnte es einfach nicht fassen, daß das schöne neue Auto nach einem nur einmaligen kurzen Gebrauch (vom Haus zum Einkauszentrum um die Ecke und wieder zurück) seinen Wert halbiert haben sollte?!?

„In dieser Hinsicht passen Christian und ich üüüüüberhaupt nicht zusammen!" schäumten brodelnde Worte nur so aus ihr heraus.

Und aus diesen Worten schien ja direkt Rehlein zu sprechen! Vielleicht lausche ich der Erika ja deswegen so gerne, weil ich Rehlein in ihr schimmern fühle?

Nach einer Weile klingelte es an der Türe:

Der süßeste Ming war´s.

Der feinfühlige Ming, der niemandem Zeit stehlen mag, lernte meine Freunde, dich ich ihm doch so gerne etwas intensiver vorgestellt hätte, nur flüchtig kennen, und schon fuhren wir ab.

Wir fuhren aus Hamburg hinaus auf eine Autobahn, die einen in jene Gegenden führt, wo man das Bügeleisen Gottes zu spüren scheint: Diesen Landstrich scheint Gott ganz besonders gebügelt zu haben, so platt ist er.

In strömendem Regen besuchten wir ein dänisches Einkaufszentrum.

Hier lebt ein neuer Menschenschlag, wo die Herren allesamt so ausschauen, als müssten sie „Björn" bzw. natürlich „Bjørn" heißen.

Unser heutiges Programm im Werner-Weckwerth-Museum:
Mozart: Sonate in A-Dur, Mendelssohn Sonate und Grieg Sonate in c-moll, und als Zugabe den 3. Satz von Brahms d-moll-Sonate.
Das Publikum war sehr vergreist, und als man die vereinzelten Seni(l)ioren in die Pause entweichen sah, wirkte es so, als erhasche man einen Ausblick ins Altersheim.
Mit Inbrunst gespielt.
Frau Weckwerth, die einst so frühlingshaft bezaubernde, vielfach in Öl gefasste und gerahmte Malerstochter, die man im Museum gar als duftenden Säugling bestaunen kann, ist leider alt und taub geworden.
Denkt man da nicht an Brita und Elsbeth, die Töchter von Carl Larsson?

Sonntag, 11. Mai
Lübke Koog – Kalefeld

Fast dunkelgrau. Oftmals Regen

L-förmig angeordnet nächtigten Ming und ich Kopf an Kopf auf Schülerlandheimsbasis in einem sehr sympathischen Zimmer mit vielen Büchern aus den 60er und 70er Jahren, so daß man sehr an Omi Ella denken muß, wenn man die Buchrücken mit Blicken streift.

Doch obwohl ich das Bett als sehr schön luftig bezogen empfand, fand ich keinen Schlaf.

Wie aus dem Nichts heraus, gab Ming mitten in der Nacht einen spitzen „Hui"-Ruf von sich.

Einen Ausruf über den ich ihn später im Auto auch noch anpsychologisieren sollte:

Er habe geklungen wie eine zischende kleine Rakete, die mit so viel Schwung gezündet wurde, daß sie in die Höhe fliegt und das Dach durchstößt.

Der graue Regen mag sich am Morgen leicht gelegt haben, und dennoch war Lübke-Koog von schwerem regennassen Gewölk umfangen.

Im Auto:

Ming hatte Mozart-Briefe, gelesen vom Brandauer, eingelegt, und wir lachten Tränen!

Wie durch einen Trichter rann die für mich so kostbare Gemeinsamkeit mit Ming nun rapide aus. Schon scherten wir in die stille Wohngegend um den Heerbuckhoop ein, wo mein Auto geparkt stand – ich in jenem seltsamen Zwiespalt steckend, ob ich mich wohl nochmals von Christian und Erika verabschieden sollte? oder wirkt das nun überladen oder gar übertrieben? Sollte die kleine Familie nicht lieber ihren kostbaren Sonntag in aller Ruhe und frei von außerfamiliären Belästigungen genießen?"

Schon hat Christians komplizierte und unfroh stimmende Denkweise auf mich abgefärbt.

Und nun galt´s, die beiden Autos wieder umzuräumen.

Mings Kontaktlinsen waren verschwunden.

Etwas, das Ming sehr wurmte.

Ferner war der Fahrzeugschein abgängig, den ich doch ins Handschuhfach gelegt, bzw. ihm wiedergegeben haben will?!

Dank dem fassungs- und kopflosen Herumgesuche hab ich die Kontaktlinsen dann ja doch wiedergefunden, und auch der abgängige Schein fand sich grad dort, wo er hingehörte: Im Handschuhfach.

Und nun mußte man Abschied nehmen.

Ming meinte, wir würden ja beide durch die Röhre, sprich, den Elbtunnel, fahren müssen – könnten somit auf Tuchfühlung bleiben. Aber gleich zu Losfahrbeginn hatte ich Mings Auto aus den Augen verloren.

Ming rief auch alsbald auf dem Händi an:

„Wo bist du denn?" polterte er verhalten und verständnislos. Er parke gegenüber der Bushaltestelle.

Tatsächlich: Wie ein überdimensionaler silberner Käfer kauerte Mings Auto am Wegesrand.

Durch das Händi wehte mich ein Stirnrunzeln über meine Langsamkeit an.

Dann breitete Ming symbolisch die Flügel wieder aus, ich fuhr hinter ihm her, und als der Verkehr vor dem Elbtunnel, wie´s ja typisch sei, zäh wurde und bald darauf zum Stillstand kam, küsste ich wenigstens Mings silbernen Autopo.

Im Radio hörte man Mozarts Symphonia Concertante mit Nils Mönkemeyer in der Rolle des Bratschisten, da die ja nur noch Gezeitenkonzert-Interpreten senden, mit denen man die letzten Zweifler zu besänftigen sucht:

„Schaut her! – Interpreten, die bereits im Radio spielen! Das ist doch wohl noch eine Stufe höher als das Solistendiplom??!"

Und dann hörte man auch noch ein Interview mit dem begnadeten Bratscher, der dem Wembo* doch wohl ein Dorn in Aug und Ohr sein dürfte? Denn ist´s nicht ER, der in sieben Jahren aus dem Orchester auszusteigen plant, um sich ganz und gar seiner Solistenkarriere zu widmen, bzw. in einschlägigen Hochglanzmagazinen Rolex-Reklame zu machen gedenkt?

Drum säbelt der Wembo auf seiner Bratsche mit übertrieben geweiteter Brust.

*Junger, aufstrebender chinesischer Bratschist, der sich bereits als „Lang-Lang der Bratschenzunft sieht".

In der Röhre, unter strömendem Regen, dachte ich an meinen Vetter, das Rifflein, im fernen Amerika:
Hi und da steht das Rifflein ratlos auf der Straße, dieweil seine Wirtin sein Zimmer anderweitig braucht. Dann muß er seinen ganzen Mut bündeln, um bei Mutti Bea und ihrem zweiten Mann Jesse als demütiger Bittsteller anzuklopfen: Drei Wochen obdachlos!
Doch ähnelnd einem Jemanden, der eigentlich 1000$ bräuchte, um ein klaffendes Finanzloch zu stopfen, verlässt ihn in letzter Sekunde der Mut, die volle Summe zu nennen.
„Zwei Wochen!" sagt der Riffi, der für zwei Tage immer ein gern gesehener Gast ist, an der Türe kleinlaut.
„Füfüüüüju!" Das Beätchen pfeift ganz erschrocken und laut auf. „Und du meinst also, daß ich dich nun zwei Wochen lang bekoche, und deine Wäsche wasche?"
Halb ironisch, halb ernst gemeint.

Matthias S., der Schwager von Boris Becker litt an solch schweren Depressionen, daß er sich vor einen Zug warf.
Auf einem Foto sah man seine Hinterbliebenen beim Begräbnis. Boris hatte einen Arm um seine frisch verwitwete Schwester Sabine gelegt. Daneben stand Ehefrau Lilli, und die klapprig zu werden beginnende Mutti Elvira, – allesamt schwarz gekleidet, von der Sonne beschienen ohne gewärmt zu werden, und mit einem schicksalsergeben gefassten, freudlosen Lächeln im Gesicht.

Vor dem Konzert in Kalefeld gischtete ein Regen, und später schlug krachend ein Blitz ein.

Einige Hörfreudige waren erschienen, und zwischen den musikalischen Nummern wurden Gedichte verlesen.

Auch ein Gedicht vom Pannonius, das Rehlein ausgesucht hatte.

U.a. war eine Dame mit einem roten Cellokasten erschienen, und dieser einen trachtete ich zu imponieren: D.h. ich fühlte ihr kritisches Ohr auf mir lasten. Jemand vom Fach!

Drei Personen lasen die ausgewählten Gedichte vor: Pfarrer Wulkop, ein milder junggebliebender Herr, der an den Onkel Andi erinnerte, und zwei Damen: Eine dicke im hormonellen Patt, und eine uralte.

„Wenn das kein Grund ist, eine Flasche Sekt zu öffnen, so wüsste ich keinen!" leitete Pfarrer Wulkop die Pause ein, die dann ziemlich lange währte, da man sich in einem sektbedingt losem Geschnatter zu verlieren drohte.

Ich lernte eine begeisterte Dame namens „Anna-Maria" kennen – jene mit dem Cellokasten. Sie sprach schwäbisch, dieweil sie in den wichtigsten Jahren ihres Lebens im Raum Todtmoos ansässig war.

Den Abend verbrachte ich mit Herrn und Frau Wulkop, einer schlanken und gepflegten Variante von Julia Fischer*, in der Wohnstube des alten Pfarrhauses.

*Berühmte Geigerin

An der Wand hing ein großes buntes Gemälde: Eine Häuserzeile im Grünen!

Die Ehefrau ist studierte Juristin, war sich jedoch nicht zu schade dafür, ein köstliches selbstgekochtes Süppchen zu servieren:

Eine Lauchcremesuppe mit Pilzen.

Hm, die schmeckte mir.

Ich erfuhr, daß der älteste Sohn Joachim in jungen Jahren ein seltenes Talent für das Klavierspiel gezeigt hatte. Er wurde zu einem genialen Orgler mit Namen Matthias Nolte in die Lehre geschickt, doch während seiner Lehrjahre klang sein Klavierspiel plötzlich ganz erbärmlich.

Erst als man ihm erlaubte, damit aufzuhören, da wurde es überraschenderweise wieder gut.

Dann sollte ich die Geige von Herrn Wulkops Mutter ausprobieren: Eine Geige, die in einen kleinen Sarg hineingebettet war.

Die Mutti starb im Jahre 2010 als 84-jährige.

Ich erfuhr, daß der Vater von Frau Wulkop demnächst 90 wird und noch lebt.

Vor mehr als 25 Jahren verlor er seine Frau.

285€ Einnahmen. Gespart: 110€.

Langsam nimmt mein Vermögen Kontur an.

Montag, 12. Mai
Kalefeld – Grebenstein

Sehr grau,
und zu wirbeligem Aufregnen tendierend. Kalt

Sehr angenehm in einem hohen Wimmelzimmer
der Familie Wulkop genächtigt, wo man sich sanft
seinem Ausschlafsschicksal überlassen durfte,
indem es nur ganz gelegentlich leise raschelte.
Schließlich zog ich mich am Morgen am eigenen
Schopf aus dem behaglichen Bettgehäuse.
Meine Zeit bei den Wulkops bewegte sich ihrem
Ende entgegen. So, wie für andere die Zeit auf
Erden.
Auf mich wartet niemand.
Ich plane eigentlich dieser Tage meinen Freitod.
Worte, die sich anbringen ließen, wenn man nach
seinem Tagesfortsatzgestaltungsbestreben gefragt
würde.
Ein kleines Frühstück für mich war hindess
durchaus im Freundlichkeitsservice enthalten. Da
wollte man sich ja nun nicht lumpen lassen, auch
wenn die Zeit der Eheleute „kniff".
Für *Frau* Wulkop wohl zwickender, als für ihren
Mann, indem sie schon nicht mehr zu sehen war,
im Laufe des Frühstücks jedoch nochmals kurz in
der Küche auftauchte. Und dann sah ich sie gar ein

allerletztes Mal, als ich mich später auf dem Gemeindehausparkplatz „vom Acker schlich".

Um neun Uhr habe man Termine, ließ mich Herr Wulkop mit seinem glitzernd-sympathischen Lächeln wissen, und nun war´s zwanzig vor neun, als ich mir Mühe gab, die seltsame Uhr mit ihrem multipel klappernden Gebein, die ich vor dem Einschlafen einfach abgehängt hatte, wieder an der Wand anzubringen.

Herr Wulkop verschwand einmal kurz in die unteren Stockwerke, um seine Mitarbeiter darüber in Kenntnis zu setzen, daß er ein paar Minuten später käme.

Vielleicht machte es ihm Freude, eine Dame zu Gast zu haben, die man ganz alleine, entrückt aus dem ehelichen Windschatten, genießen darf?

Seine gestrenge Sekretärin Frau Reinnecke, die gestern das Gedicht vom Pannonius vorgelesen hat, solle ruhig noch ein bißchen warten, lachte er fröhlich.

Es gab frische Windrädchenbrötchen und auf einem Tablett standen die bunten Gläser mit Marmeladen stramm nach Art von eventuellen Kandidaten für die verwöhnte Prinzessin.

Ich erfuhr, daß zwischen den beiden benachbarten Ortschaften Echte und Kalefeld ein erbitterter Schwelzwist tobe, an dem sich, wenn man nicht aufpasse, ein Bürgerkrieg entzünden könnte.

Archäologen aus Echte haben in Kalefeld unglaubliche Ausgrabungen gemacht, und die Kalefelder beanspruchen all das Gefundene nur für sich allein.

Ich verzehrte ein Nutellabrötchen, und war mir nicht ganz sicher, ob ich nicht vielleicht unglaublich verschmiert ausschaue?

Auf dem Kirchvorplatz gab´s ein so lustiges Schafsgeblökkonzert zu hören, dessentwegen ich kurz erwog, Ming anzurufen.

Doch was, wenn Ming noch schliefe?

Im Auto:

Ich hörte „den Chinesen" von Henning Mankell. Manche Wendungen interessierten mich leicht, so z.B., daß zwei Damen nach Peking gereist sind, weil ich Szenen in der Eisenbahn liebe, doch der große Zusammenhang fiel ganz und gar meiner Unachtsamkeit zum Opfer.

Nach einer Weile fuhr ich durch den „Erholungsort Bodenfelde", und erinnerte mich, daß der örtliche Apotheker so unkultiviert ist, daß er eigentlich eine Abreibung verdient. Ebenso der ortseigene Pfarrer Trebing, der die Kultur mit dem dürren Argument, daß die Kultur auf wenig bis kein Interesse stöße, untergraben hält.

Als ich in Hofgeismar an Land stieg, schien´s mir so, als habe Ming versucht, mir eine SMS zu schreiben, *daß unsere Mutter völlig überraschend gestorben sei.* Dann stand da allerdings doch nichts, *da Ming vielleicht die Worte fehlten*← dachte ich bang. Mit klammem Gefühl rief ich Ming an, doch Ming saß ganz normal am Computer und verkaufte soeben eine Midori-Karte an die regionale Violinlehrerin Frauke F.

Daheim in Grebenstein:
Dem süßesten Rehlein schrieb, schrub oder schrob ich leider nur in Eile, daß ich „bald" schrüb.
Kaum Ausbeute an Mails, und dies Verdrießlikum suchte ich nun bei einem Besuch bei der Edith zu vergessen.
Die Edith hatte gemeint, es sei womöglich jemand vom Strumpfabpelldienst der da klingele, oder aber ihre Schwägerin Rosa – die hätte es ja wohl auch sein können?
Wir saßen uns gemütlich in der Stube gegenüber, und einmal kam dann tatsächlich ein Strumpf-abpeller – ein gemütlicher Mann wie Olaf Däter, der Omi-Mörder aus Bremerhaven, der in der Edith einen ganz besonderen Scharm entfachte, grad so, wie es Omi Mobbln einst mit den Herren erging - während ich sitzen blieb, und auf Ediths leicht frisurangedetschten Hinterkopf draufsah, der sich nun zum Unvermeidlichen aus der Türe hinwegwälzte.

Dienstag, 13. Mai
Grebenstein

Zunächst Huulwetter.
Es arbeitete sich leicht die Sonne durch,
doch begeisternd war die Wetterlage nicht

Rehlein hatte geschrieben, daß ihr jener Tag in Gent (heut vor 20 Jahren) so fern scheine, wie aus einem gänzlich anderen Leben, denn damals lebten ihre Eltern noch. Und die Uta. Und die Oooomi! geriet Rehlein in Aufzählungsschwung, und nun sei auch noch Rehleins Teezirkeldame „Karin Conringh" heimgeholt worden. Eine Dame, die Rehlein einst in Öl gefasst hat, und die nun, mit einer dicken Pelzhaube bestülpt, inmitten einem schweren Goldrahmen in der Wohnung von der Tante Bea in Amerika an der Wand hängt.

„Dank" meiner matten und unzureichenden Brille aus Schulzeiten war mir die von Onkel Hartmuts Hand aufgezogene Wanduhr so fern, daß ich jegliches Zeitgefühl verlor

Mein Buch von Truman Capote „Kaltblütig" ist hinzu so spannend, daß ich wünschte, es würde niemals enden.

Kunstvoll rührt der Dichter in den Köpfen zweier gestrauchelter Sünder herum, die grad so wie ich, nur darauf hofften, endlich mit dem großartigen Leben anzuheben, das einem jeden von uns, nach

77

Art einer Wurst, die einfach zu hoch hängt, vorschwebt.

Und manchmal, vorwiegend beim Gang ins Bad, wo einen die immer gleichen Gedanken streifen, denke ich: „Was nützt es mir, wenn ich jeden Tag einen 10€ Schein beiseite lege, wenn kaum neue dazukommen?"

Einmal schien sich eine Tragödie anzubahnen: Ohne, daß ich irgendetwas gemacht hätte, wurde die auf „5" gestellte Heizung im Bad glühend heiß. Sie wurde heißer und heißer, wie ein Brennstab im Atomkraftwerk. Ich schraubte ein wenig rum, und begab mich wieder aufs Sofa. Doch was, wenn sie nun dramatisch zu glühen begänne? Niemand war daheim, der mir hätte zur Seite stehen können, und vielleicht wäre ich gezwungen gewesen, den teuren Heizungsnotdienst kommen zu lassen?

Einmal loste ich aus, dem Beätchen zu schreiben, und das kleine Späßle, das ich mir für sie ausgedacht hatte – sie in meinem Roman „Frau Izzele" zu nennen - sparte ich vorläufig aus, weil's wohl fürs Erste tatsächlich zu viele Zwiderborsteleien birgt: Will man denn vielleicht eine leicht giftige „Kaktusfreundschaft" pflegen? Nein. Ich betitelte den Brief geheimnisvoll: „Das Bild an der Wand", und ließ das Beätchen in schlichten Worten wissen, daß die Dame auf dem Ölgemälde in ihrem Wohnzimmer verstorben sei, womit sich das Bild nun über Nacht in ein historisches Gemälde von unschätzbarem Wert verwandelt habe.

In meinem Buch las ich, daß der Bruder der ermordeten Bonnie Clutter ein so guter Mensch war, wie man sich keinen besseren denken kann.
In einem offenen Brief in der Zeitung bat er die Bevölkerung darum, ihre Gesinnung neu zu überdenken. Der oder die Täter habe(n) sicherlich genug daran zu tragen, mit dieser unfassbaren Tat fertig zu werden. Man solle dafür beten, daß sie ihren inneren Frieden wiederfinden mögen.
Und Pastor Rübel und Til Schweiger hätten ihn womöglich als „Gutmenschen" verhöhnt?
Dann wiederum dachte ich an das große, helle und freundliche Zimmer in meinem Inneren, in welchem das Beätchen so viele Jahre lang gewohnt hat. Jetzt wäre es frei für das Julchen!

Auf dem Netto-Parkplatz begrüßte ich mich mit zwei Damen – bzw. zwei Gegenparteien:
Ulla und Afroditi.
Ob die beiden Omas unterwegs seien um Geschenke für die morgige Geburtstagsfeier des gemeinsamen Enkelchens auszusuchen?
„Nein! Keine Geschenke!" sagte Omi Afroditi mit einem Lächeln, dunkel und ruppig.

Fast eilig lud mich die Ulla morgen zum Frühstück ein, und ich wiederum wies sie auf die abige Gesundheitssendung über das Knie hin.

Hierzu sagte die Afroditi auch eine Ruppigkeit, wenn auch mit einem Herbstsonnenlicht auf den gebräunten und wettergegerbten südländischen Zügen.

Dem Sinne nach:

„Ihr mit euren Krankheitsgeschichten!"

Ich lief weiter zum REWE hin, und kaufte mir etwas Kresse für mein Brot. Hervorragend bedient vom jungen Herrn Kelber an der Kasse.

Vor mir eine typische Hessin, sehr deutsch und trocken, mit ihrer Tochter. Schaute man von hinten auf das Kinderhaupt mit den geflochtenen Zöpfen drauf, so konnte man sich für einen kurzen Moment einbilden, es sei das junge Utelchen.

Doch als es sich dann umbog, so schaute man in ein mürrisches Gesicht, und mußte sich eingestehen: „Auch hier in Hessen ist keinesfalls alles Gold."

Gegen 20 Uhr (bei Noch-Helligkeit), wurde ein Rehmail in die Umlaufbahn entsandt, und diesmal schmückte ich die Geschichte um das Ölgemälde an Beätchens Wand noch ein bißchen aus: Daß es nämlich mit dem jähen Exitus von Karin Conringh plötzlich verschwunden sei, so als habe es dies Bild nie gegeben!

Theoretisch, wenn es sie nicht gar zu sehr empören würde, könnte man der Bea über das Bild noch Folgendes schreiben:

„Damit könntest Du Deinem Schwiegersohn Tal aus seiner finanziellen Talsohle heraushelfen – da er mit seiner mißglückten Erfindung das Vermögen im wahrsten Sinne des Wortes *verpulvert* hat!"

Mittwoch, 14. Mai
Grebenstein

Grau. Aber die Sonne bemühte sich

Die Brötchenfee mit ihrem breiten, sommersprossenbesprenkelten Gesicht feuerte einen Gruß ab, und ich erwiderte ihn, ohne mir sicher zu sein, ob der Urgruß überhaupt mir gegolten hatte?

Frühstück bei der Ulla:
Ich wurde freudig empfangen, und begann alsbald zu ratschen.
„Der D. sei ja so unglaublich häßlich!" meinte die Ulla, um wenig später vielleicht dem Sinne nach zu denken: „Ob ich mich mit dieser despektierlichen Äußerung nicht vielleicht doch zu weit aus dem Fenster gelehnt habe?" Denn ich wiederum sang

ein kleines Loblied auf den D., der ein so reichhaltiger und interessanter Mensch sei!

Begonnen hatte alles mit Erzählungen über Boris Becker, der von der Ulla als eklig, und hinzu häßlich aussehend empfunden wird, während er sich für mich wiederum wie ein Vetter ersten Grades, und für Rehlein wie ein Neffe anfühlt.

Der arme Boris muß sich beständig irgendwelchen lästigen orthopädischen OPs unterziehen, und twittert sodann begeistert und dankbar, wie kunstvoll ihn die Ärzte in der Schweiz wieder hergestellt haben.

Es fühle sich an wie früher! bejubelte der Boris seine Fäns.

Ullas Gegenschwiemu Yaja (Afroditi), hat ebenfalls eine Rückenoperation hinter sich gebracht, um der ewigen Schmerzen endlich HERR zu werden, doch mittlerweile ist in dieser Hinsicht schon wieder alles beim alten.

Noah und Haeley* würden nun auch, grad wie Ediths uneheliche Schwiegertochter Katja, von Nachwuchs träumen.

*Ullas Sohn mit seiner amerikanischen Ehefrau

Die beiden verliebten Söhne von der Ulla, aus deren Zügen eine angestrengte und oft nicht leichte Verliebtheit blickt, sind bislang ohne Familie geblieben, während der mittlere Sohn Nils, der gewiss nicht übermäßig verliebt ist, nun unentrinnbar in den Strudel einer mittleren Großfamilie hineingesogen wurde.

An *einem* Erziehungsprinzip scheiden sich die Geister der Omis: Die Ulla findet es nicht gut, die Kinder allzusehr zu verwöhnen, während es Omi Yaja womöglich als ihre heilige Pflicht ansieht, als Verwöhnomi in die Annalen der Erinnerungen ihrer Enkel einzugehen?

Und was die kleine Josefine schon alles besitzt! Omi Ulla, die es auch nicht so dicke hat, sieht´s wohl kaum ein, Geld für etwas auszugeben, das dann doch bloß nur herumliegt. An einen schönen Ball habe sie zwar gedacht, findet jedoch die Motive auf den Bällen zu blöd.

Die Ulla versenkte sich in die traurige Erinnerung an die letzte Zeit von ihrem lang verstorbenen Ehemann Michael im Rot-Kreuz-Krankenhaus, wo es so besonders trostlos war: Nichts als Siechtum und Leid, und die Ulla war jedesmal so froh, wenn sie diese trostlose Stätte wieder verlassen durfte. Dann atmete sie erst einmal kräftig durch, ohne Freude dabei empfinden zu können.

Wir beendeten dies traurige Thema, und ich erzählte von der Omi Ella und ihren Erziehungsprinzipien, die vielleicht weniger der Sorge um mein Wohl, als vielmehr jener Sorge geschuldet waren, ob ich meinem künftigen Manne wohl eine passable Ehefrau würde?

Die Omi malte mir die Vorzüge eines Ehelebens aus: Ich hätte einen guten Mann, den ich schön bekochen könnte, und dem ich seine Hemden bügele, und die Ulla lächelte in mildem Verständnis zu meinen Worten.

Sie selber habe die Anfänge mit dem Michael ja genossen, und besonders die Bekanntschaft mit Musikern als Bereicherung empfunden, denn sie selber wuchs in ihrem Elternhaus eher etwas isoliert auf: Der Papa bei der Justiz, Mutti Hausfrau. Man pflegte kaum Kontakte, und bloß mit den Eltern einer Freundin taten sich mit der Zeit leichte Verbundenheitsgefühle auf.

Aber als sich der Herr ihrer Mutti ein wenig näherte, da tickte der Vati unangenehm aus. *Hausverbot!*

Schreibe ich schon im Stile der BILD-Zeitung?

Die Ulla zeigte mir einen kleinen Film, der sie sehr berührt hat:

In Spanien betrieb ein Kontrabassist Straßenmusik. Ein kleines Mädchen warf ihm eine Kleinigkeit in seinen Hut hinein, und plötzlich kamen immer mehr und immer mehr Musiker aus allen Winkeln und Gassen herbei, und wie aus dem Hut gezaubert stand auch noch ein junger und engagierter Dirigent dabei, und sogar ein Chor bildete sich drum herum!

Man schmetterte Beethovens Neunte, Smartphones wurden gezückt, und alle waren gerührt und begeistert. Vorne weg die Kinder!

Der Ulla war es ein Herzensbedürfnis, diesen wunderschönen Link auch ihrem Bruder Jürgen zu schicken.

„Hallo Jürgen!" war schnell dahingetippt, doch mit der Formulierung einer nachfolgenden Zeile hatte die Ulla ihre Schwierigkeiten, da ihr kein passender Ausdruck einfiel: „Hier etwas Musikalisches zum Ausgleich für…"

Ein bißchen schwebte ihr „eine leichte Spitze" vor, da ja der Jürgen vom Interessensradius her eher auf der sportlichen, denn der kultürlichen Schiene ist.

Wir schauten uns Fotos an:

Auf einem Bildchen sah man Ullas Pseudoenkel Lukas mit seinem kleinen Schwesterchen auf dem Bett sitzen.

„Von wem ist der denn gezeugt?" zeigte ich mich wunderfitzig.

Von einem Nichtsnutz aus der Gegend!

Er sei schwul, verließ die Alice somit wegen einem Herrn, und zeigte wenig bis gar kein Interesse am Herrn Sohn, der allerdings hi und da immerhin bei seiner Omi väterlicherseits zu Gast sei.

Und mit seinem Lover habe er im Beisein vom kleinen Lukas einfach herumgeknutscht!

Die Ulla hat der Rosita Rehleins köstliche Reisereportage geschickt, doch seither bekäme die Rosita keine E-Mails mehr, da die üppige Reisereportage alles verstopft habe.

Einmal ging ein kurzer Regenwirbel nieder.

Wieder daheim:

Von Ming höre ich ja nur dahingehend etwas, daß seine Briefe manchmal auf jenen vom Anwalt R. mit abgebildet sind.

Der ferienbehaftete Anwalt will schon wieder eine Prozessverschleppung in Gang setzen, und aus Mings Zeilen spricht Mutlosigkeit. Man möchte den warmen Geldregen der einem zusteht doch gern noch vor dem Sommer einfahren, um besser planen zu können!

„Gemach! Gemach!" rät da Herr R. Noch sei ja überhaupt nicht klar, wie die Gerichte überhaupt entscheiden „auch wenn ich mich eines gewissen Optimismus nicht erwehren kann!"

(Ließ der Gelehrte seine dichterische Ader sprechen.)

Am Nachmittag rief Frau Lund vom Autohaus an: Es sei ja doch bloß die Glühbirne gewesen, und ich könne mein Auto wieder abholen!"

Davon wurde ich hüpfrig und vergnügt.

Endlich der vom Friedel besungene „Ausgleich".

Bei der Edith war ich auch.

Heut sollte Olaf Däter zum Baden kommen, und gestern habe er noch ganz verstohlen gefragt, ob sie sich vorstellen könne, von einem Herrn gebadet zu werden?

Doch da mußte die Edith lachen, weil's ihr wurscht ist.

„Im Krankenhaus wird auch nicht lang herumgefackelt. Da kommt ein Pfleger, und wäscht einem den Hintern!" sagte sie, und lachte dazu derb und fröhlich.

Kaum saßen wir Damen gemütlich beieinander, da erschien auch schon Olaf Däter als Badeexperte, und wir sollten doch um Himmels Willen erst in aller Gemütlichkeit unseren Kaffee austrinken! rief er herzlich.

So wie einst der Opa auf der Eckbank, sitzt der altersgrämliche Frido auf seiner Stange im Käfig, und manchmal faucht er einen erbost an. Das Foto vom Thomas in einem goldglänzenden Rahmen, an dem der Frido in jungen Jahren so viel Freude gehabt hat, scheint seine Bannkraft auf den Vogel verloren zu haben.

Nachtrag Ende 2019: Der gefiederte kleine Methusalem lebt immer noch!

Mit Ediths Segen griff ich mir ein Fotoalbum und blätterte interessiert darin herum:

Die Edith war ja bildhübsch und schaute darüber hinaus noch so tschechisch aus, wie aus einem tschechischen Märchenfilm.

Man sah sie mit ihrer kleinen Familie schwarzweiß auf einer Wanderung: Gertenschlank und noch unbekrückt.

Und nun ließ ich die arme Edith einfach mit dem Serienmörder allein.

Auf dem Wege zum Netto rief ich die Hilke an. Wir rufen uns ständig an, erreichen einander jedoch selten bis nie. So auch jetzt.

Es sei kalt und trübe geworden, erzählte ich dem Anrufbeantworter. „Ich laufe zum Netto um meine Abendeinkäufe zu tätigen. Mit Dir am Ohr, bzw. NICHT am Ohr!"

Dann beschrieb ich die aktuelle Wetterlage noch etwas detaillierter. „...Dies wollte ich gesagt haben!"

Dann rief ich Ming an.

„Willst du das Pröppilein sprechen?" frug Ming gleich. Laut donnerten die Autos an mir vorbei – sogar ein lärmiger Traktor – und verdarben das Telefonat leicht, indem mich der Lärm in eine schwerhörige alte Dame verwandelte.

Schon Mittags hatte ich das süße Pröppilein auf einem Foto bestaunt:

Es saß auf einem Plastikbagger, auf dem es sich so wohlfühlte, daß es gar nicht mehr herunter wollte. Und jetzt sagte das Pröppilein klar und deutlich: „Auto!"

Ming wollte joggen gehen, und ich wollte ihn dazu animieren, dies mit dem Händi am Ohr zu machen, da Ming ja nur noch wenig Zeit für mich hat.

Doch Ming wiegelte ab.

„Nein! Da würde mir der Arm abfallen!"

Er könne sich das Händi doch ans Ohr kleeeeben?! Das fand ich leicht lustig – doch Ming hatte grade

nur Augen für das Pröppilein, das jetzt einen Turm
baute, der erstaunlich hoch wurde.

Donnerstag, 15. Mai
Grebenstein

Zunächst grau,
doch immer wieder aufgemildert hinter
Quellwolkschichten.
Das Wetter gab sich Mühe

Am Morgen erhob ich mich in einen grauen Tag
hinein, an dem ich praktisch nichts mehr im Hause
hatte, so daß ein Einkaufstrip zum Muß wurde.
Doch hatte ich der Brötchenfee nicht versprochen,
ihr etwas abzukaufen?
Ich lief an der Volksbank vorbei, und begegnete
einem kleinen gefleckten Hündchen, das ganz
verunsichert wirkte. Irgendwie erinnerte es mich
ganz leicht an die Bea.
*Beas ganzes Selbstbewusstsein, auf dem ihre dominante
Persönlichkeit fußte, ist nach der Lektüre meines Werkes in
sich zusammengekracht, da es ihr scheint, als würden ihr
Kaskaden an bittersten Schmähkanonaden um die Ohren
gepeitscht!*

In „arte" wurden ansprechende Geschichten über Drogenkuriere gebracht, die gehofft hatten, mit minimalem Aufwand ans große Geld zu kommen.
Z.B. ein junger Spund aus Rotterdam:
Die erfahrenen Beamten am Zoll jedoch konnten wohl bereits bei seinem Anblich zwei und zwei zusammenzählen?
Er mußte sich entblößen, und da sah man, wie er sich das Teufelszeug mit schwarzem Tesafilm auf den Korpus gepappt hatte. Es sah verboten aus!
Auf Sünden dieser Art wartet in Südamerika eine Einheitsstrafe von der Stange:
6 Jahre und 8 Monate.
Mehr als 10 000€ haben die Verwandten bereits für Anwaltskosten berappt.

Die erste Fleißarbeit, die ich so betrieb, war zäh und langatmig wie eine stumpfsinnige Fabrikarbeit:
Man scheint hunderte von Lottoscheinen auszu-füllen – ein jeder bestempelt mit einem hoffnungslosen Hoffen:
Ich bat sämtliche Gemeinden im Landkreis Heilbronn um Auskunft, und es waren so waahnsinnig viele, aus denen mir jedoch leider nur eine schwäbische Dröge entgegenzuwehen schien.

Mittags besuchte ich die Edith.
Olaf Däter saß die ganze Zeit im Auto und krispelte an seinem Smartphon herum. Dann aber

bemühte er sich ins Haus, und pellte der Edith die Stützstrümpfe ab.

Zeitgleich mit seinem Erscheinen begann die Edith zu leuchten wie einst Omi Mobbl, wenn ein junger Herr zu Besuch kam.

Man sähe mich gar nicht mehr am Fenster, machte der Wortwirbel einen kleinen Hakenschlag.

Da müsse ich mich wohl besser hinstellen?

In Friesenlogik schaute ich nun durch Ediths Küchenfenster auf unser Fenster drauf, um mit eigenen Augen zu sehen, daß man mich dort nicht sieht.

Ich erzählte, daß Omi Ella früher oftmals streng zu mir war. Weniger aus Sorge um mich, als vielmehr jenem Gedanken geschuldet, mein späterer Ehemann könne unzufrieden mit mir werden.

Ja, davon konnte die Edith auch ein Lied singen: Die Omi sei oft bekümmert wegen mir gewesen. Daß ich so gar keinen Mann habe! Am liebsten hätte sie es gesehen, daß ich schon mit 17 in den heiligen Stand der Ehe eingetreten wäre: Ihretwegen auch mit einem Schmeckefuchs reiferen Semesters.

Ich erzählte weit ausholend, daß ich das Gefühl hätte, das Utelchen habe nur geheiratet, um ihrer Mutti eine Freude zu bereiten, oder aber um die Enttäuschung darüber einzudämmen, daß Buz die Neckermann-Tochter nicht heiraten wollte.

Und dessen war sich die Omi doch so absolut sicher gewesen!

Ähnelnd mir, liebte das Utelchen ihre Mutti über alle Maßen, wußte ich.

„Ich sehe meinem Papa immer ähnlicher!" vermeldete ich stolz, doch die Edith wiederum habe mich neulich vorbeilaufen sehen, und bei sich gedacht: „Ganz die Mutter!"

Ich entwarf der Edith ein unschönes Baltrum-Bild: Wie man von schneidend pfeiffendem kalten Nordwind und peitschendem Tröpfelregen auf seinem Urlaub begleitet wird.

Ohne es groß geplant zu haben, raste ich noch die Saturnringe um den Burgberg herum ab, und gegen Ende lernte ich einen schlanken, braunen Watschelohrhund kennen, der sich von der Leine losgerissen hatte. „Mila" hieß der Hund und bestürmte mich, ohne Unheil anzurichten. Er gehörte einem jungen Herrn, der sich höflichst entschuldigte und bedankte. ← Wahrscheinlich dafür, daß ich kein Gedöns gemacht habe, wie Rehlein und Opa an meiner Statt womöglich?

Am Abend kam der Onkel Hartmut zu Besuch.
Der Onkel brachte wie alle Tage einen Sack voller guter Dinge mit: Kartoffelsalat, einen frischgepressten Blutorangensaft von Lidl, Ganz- und vorallem <u>viel</u> -nußschokolade, eine gebogene Banane, und dadurch, daß ich mir all diese Köstlichkeiten kaum leisten kann, fühlten sie sich

noch schöner an. Mehr noch: Ich fühlte mich doppelt und dreifach beschenkt!

Gleich zu Besuchsbeginn gönnte sich der Onkel ein Bier.

Zum Biere schilderte er mir die schönen Kirchen, die er heut besichtigt hat: z.B. in Quedlinburg!

Es wurde dunkel, und der Onkel googelte Thomas Mann auf seinem Smartphon herbei.

Der Dichter las aus seinem Roman über Felix Krull.

„Ist das nicht toll?" sagte der Onkel Hartmut gerührt.

Wir waren draufgekommen, weil in Grebenstein ein Herr namens Thomas Mann für die CDU kandidiert.

Der Onkel hob noch ein Zweitbier, doch hernach fühlte er sich leicht bedurmelt.

Die Salzmandeln solle ich so weit wegstellen, daß er sie nicht erreiche.

Ich hatte schon gemeint, das Klo sei kaputt, indem kein Wasser mehr nachläuft, und in diesem Falle hätten wir immer zur Edith gehen müssen.

(„Ich laß dann bei Gelegenheit mal ne Rolle Klopapier springen!")

Der Onkel Hambum telefonierte mit der Christa, und erzählte, daß er sich beim Falschparken leider einen Strafzettel zugezogen habe.

(Dies klang wie von Buzen gebeichtet. Bloß, daß die stoisch-vernünftige Christa am anderen Ende der Leitung, auf dererlei VÖLLIG anders zu reagieren pflegt als Rehlein.)

Ferner sei er heut betrübt gewesen, weil das Wetter so hässlich war, - doch in Quedlinburg da war es gut! Er sei auch etwas betrübt wegen seiner Elke, die einfach keine Arbeit findet, und wegen dem alten Mann, der kein Augenlicht mehr hat – zumindest auf dem einen Auge.

Nach dem Telefonat erzählte ich dem Hambum vom Geigenbauer G.:

Eine Frau aus Israel, die er im Wiener Prater kennenlernte, wurde ihm zum Verhängnis! schmückte ich die Geschichte aus.

Er heiratete sie, doch schon bald nach der Ehe-schließung entpuppte sie sich als anstrengend, launenhaft und zankeslüstern:

Jetzt muß er sich immer genauestens überlegen, was er so sagt, denn vieles was so gesagt wird, kann man mit etwas bösem Willen als antisemitisch umdeuten.

Ganz zum Schluß erzählte ich noch die Rübezahl-geschichte von der tauben Rosl.

Rührend engagiert half mir der computerkundige Onkel dabei, ein Pröppi-Foto so hinzudrehen, daß man es besser anschauen könne.

Freitag, 16. Mai
Grebenstein

Zunächst schön leuchtend und sonnig.
Dann wurde es ab Nachmittag zuweilen etwas
strenge, ohne die Sonne zu vertreiben

Am Morgen saß der Onkel Hartmut einsam zu Tische – umhüllt von gefälligen Melodien.
Der klobige Hifi-Turm wird gar nicht mehr gebraucht, denn die Klänge tönten aus dem kleinen Smartphon heraus.
Ich sollte raten, was das für eine „Musikke" sei?
„Mozart, Haydn, Philipp Emanuel Bach?"
„Hör auf zu raten. Das hat keinen Zweck!"
Aber dann erriet ich es ja doch richtig: Mendelssohn!
Der Hartmut als stolzer Smartphonbesitzer trägt ja die ganze Welt in der Tasche, und trotzdem scheint er sich nicht ganz befriedigt zu fühlen, so daß er jetzt auf der diffusen Suche nach dem Glück, ganz diffus durch Deutschland reist.
Heut z.B. zu einem Mittagessen mit einem Herrn in Frankfurt, und um 18 Uhr zu einem Sektempfang nach Wiesbaden. Dort übernachtet er bei seinem Schwager Johannes...und danach verlieren sich seine Planungen in meinem Kopf. *Was aber, wenn sich hernach auch noch seine Spur verliert?*

So denke ich leider immer! Jemand muß nur aus meinem Blickfeld entschwinden, und schon krallt sich mir die Angst in den Nacken, dies könne womöglich der letzte Anblick gewesen sein, und der kurz zuvor noch so presente Mensch könne sich aufgelöst haben wie eine Wolke am Himmel?

Die Rede wurde auf Hellmuth Karasek geschwenkt, und während der interessierte Onkel noch an ihm herumgoogelte, wurde ich von Erinnerungen an das Utelchen gestreift:

Dort, wo nun der Onkel saß, um den zweiten Geiger des „Literarischen Quartetts" herbeizugoogeln, saß einst das Utelchen auf dem Sofa herum, löste Kreuzworträtsel und schaltete die Ohren auf Durchzug zu Omis Worten, die meist klagender und mahnender Natur waren.

Statt auf die Worte einzugehen sagte das Utelchen Dinge wie: „Nenn mir mal lieber einen Süßwasserfisch mit fünf Buchstaben?"

Wusste man was, so rief sie freudig aus:

„Du bist ja gar nicht so doof wie du aussiehst?!"

Der Hartmut wollte mir seine Kinder auf dem Smartphon zeigen, und suchte eine Weile lang intensiv am Gerhard herum.

„Ich bewundere deinen hartnäckigen Wunsch, ein Foto vom Gerhard zu finden!" sagte ich im Stile der verstorbenen Karin Conringh, die Rehlein einst in einem Brieflein schrieb: „Ich bewundere deinen hartnäckigen Wunsch, zu malen!"

Auf dem schließlich gefundenen Foto schaute der Gerhard aus wie ein junger Taugenichts aus einem Roman von Thomas Mann.

Und dann war der schöne Besuch ganz plötzlich zuende:

Der Onkel Hambum hatte sich noch so rührend für mein geröstetes Brot eingesetzt, und während er jetzt rasch zusammenpackte, ließ ich den Läptop aufsurren, um etwas Trost darin zu finden, die Tentakel zur Außenwelt auszufahren.

Ich machte dem Hartmut noch einen Bahnhof, und als das Auto um die Ecke bog und nicht mehr zu sehen war, vermisste ich den Onkel schrecklich, so daß ich am liebsten ein wenig geweint hätte.

Ich fühlte mich direkt so, wie nach den schrecklichen Abschieden von Onkel Dölein, wenn selbiger nach Amerika zurückreist. Fliegt er dann über den Wolken hinweg, so bekommt man stundenlang kein Bein mehr auf die Erde, und kann und will es nicht glauben, daß man ihn nun „vorerst"* nicht mehr sieht.

*Ein höchst dehnbarer Begriff

Umfasst von diesen traurigen Vermissungsgefühlen begab ich mich ins Haus zurück.

Im Treppenhaus stand ein großer, schöner weißer Strauß als Vorbote für die geplante Hochzeit vom Janosch mit einer seltsamen Blondine namens Lisa.

Wie das wohl ankäme, wenn ich alle Prinzipien über Bord würfe, hinaufliefe, und mich denen als

Freundin anbiedere? „Ich heiße Anita, bin 21 Jahre alt…"

Das Händi schwieg, und ich beschloss, Ming nicht mehr anzurufen, weil´s ja im Grunde wirklich lästig ist.

Der soll mich vergessen oder denken, ich sei gestorben. Tönt das Händi auf, so gehe ich nicht mehr hin. Ich reagiere einfach auf gar nichts mehr, so beschloss ich.

Ein Musiker aus Zwickau, Jörg B., 48, hat eine Flötenschülerin (15) vernascht – mehr noch: Jetzt muß er sich vor dem Landgericht verantworten, da er mit dem Girli in einsame Waldgegenden fuhr, um einvernehmlichen Sex zu praktizieren. Denkt man da nicht gleich an Iffi und Kurt in der Lindenstraße? Auf einem Foto mit einem Augenbalken sieht man den Musiker mit einem Taktstock in der Hand, und ich hatte kurz gemeint, es sei der Landesmusikdirektor, dem ich doch auch mal geschrieben hab? Aber es handelte sich schlicht um den verheirateten Dirigenten eines Musikvereins, und wie seine Frau jetzt wohl schäumt?

Einmal stand ich plakativ am Fenster, um zu schauen, wie der Janosch auf seinem heißen Ofen in die Freiheit hinausknattert. Im Liebesrausche steckend, nachdem er den Eurojackpot geknackt hat?

In meinem Kopf hatte sich eine elektrisierende Idee eingenistet: Herrn Friese zu schreiben, und um Kulanz zu bitten.

Rehleingleich rotierten Schräubchen in meinem Kopf, und produzierten poetische, ja bewegende Passagen: *Mit diesem Schreiben möchte ich Ihnen die Möglichkeit geben, zu erwägen, ob Sie aus Kulanz und Freundlichkeit die für einen brotlosen Musikanten doch harsche Summe etwas herabdimmen könnten?* Mir fiel so viel ein:

Z.B. anzuregen, das Ganze in eine Spende für den Musikalischen Sommer umzuwandeln – denn dann wären alle zufrieden.

Vor meinem Bruder würde ich dies gern geheimhalten, da der da wohl etwas kämpferischer wäre als ich?

Dies schrieb ich Herrn Friese und löschte es wieder hinweg, dieweil es so brodelnd klang, als wolle man ihm unterschwellig zu verstehen geben, daß ihm ein Kinnhaken drohe.

Samstag, 17. Mai
Grebenstein

Ziemlich sonnig, wenn auch mit fahrenden Wolken

Zu Tagesbeginn war die Sonne zunächst von einem strengen Wolkenblatt hinweggeblendet.

Man möchte aufspringen, tüchtig sein und ganz viel aufwirbeln, doch der Weg, bis man endlich tagestauglich gesattelt in Omis Wohnung steht, scheint hürdelig.

Heut versuchte ich´s mal mit dem System von der Tante Christa, von der man wirklich nur lernen kann: Ohne groß zu hinterfragen einen Fuß vor den anderen zu stellen, bis der hürdelige Weg bezwungen ist.

Dann dachte ich mir ein Roman-Sujet über eine böse Frau aus:

Sie mit ihrem ewigen Sekündchengeknausere fährt versehentlich ihren kleinen Enkel tot, der über´s Wochenende bei Omi und Opi geparkt worden war.

Zeugen dafür gibt es keine, und dadurch, daß die böse Frau Psychopathenanteile in sich birgt, handelt sie blitzschnell und eiskalt.

Der Leichnam muß verschwinden, denn sonst kann sie ihren gesellschaftlichen Ruf knicken. Sie fährt damit rapide in die Berge, versteckt ihn in einer Felsspalte, und dann ruft sie mit dem Smartphon ihren Ehemann an, und tut so, als stüke sie an gänzlich anderer Stelle im Stau.

Daß der kleine Enkel verschwunden ist, wird erst abends bemerkt.

Dann begann mein Tag.

Gelänge es mir, Herrn Friese umzustimmen, so wär´s für mich, als hätte ich bei einem Gottesdienst mitgewirkt und 85 € verdient.

Somit galt´s, den angefangenen Brief zu überarbeiten. Dazu hob ich mehrere wohltuende Tassen Kaffee, und einige Phrasen von gestern eliminierte ich. Z.B. diese hier, die mir einfach zu pathetisch klang:

Ich warte ein paar Tage ab, und sollte ich nichts mehr von Ihnen hören, so überweise ich das Geld stillschweigend, und werde im Rest des Lebens nie wieder ein Wort darüber verlieren.

Am liebsten hätte ich schon wieder die Edith besucht, doch was verspreche ich mir eigentlich davon? Ich besuche ihr reinliches Heim, halte mich an ihrer Kaffeetasse fest, und sperre meine Sorgen hinaus. Und wenn ich dann nach einer Weile gehe, so fühlt es sich an, als wuchte man sich aus einem warmen Wannenbad heraus, um sich in die eiskalte Nacht hinauszubegeben.

„Will ich jetzt *nur noch* bei der Edith abhängen, oder wie?" rief ich mich selber zur Ordnung, zumal Ming in Aurich diesen Verdacht ja auch schon hat.

Ich übte das komplizierte Duo von Schulhoff, und plötzlich fiel mir diese Musik so auf die Nerven. Doch hatte ich mich nicht soeben bei Frau Gentner von den Benediktbeurer-Konzerten damit gebrüstet, daß ich mich „auch gerne für wenig bekannte Komponisten einsetze?"

„Sie haben Post!" sagte die AOL-Dame wie aus dem Nichts heraus, und ich bekam richtig Lampenfieber, Herr Friese könne schreiben: *„Das ist doch eine Un-ver-schämt-heit!! Dererlei ist mir in all meinen Jahren noch nicht untergekommen!"*

Aber es war „nur" Ming, der seiner neuerdings flüchtigen Art gemäß zwei wunderschöne Fotos aus dem Garten geschickt hatte.

Die Fotos wirkten ganz unwirklich, wie aus längst vergangenen Zeiten: Man sah das kleine Pröppilein mit seinen hellgüldenen Löckchen neben Mutti Julchen sitzen, die sich mit ihrer schönen Figur in einem glitzernden Sonnenstrahl räkelt. Hinzu konnte man sehen, daß sich die jungen Leute ein zierliches Gartentischlein mit passenden Stühlen angeschafft haben, was darauf schließen lässt, daß man nun doch wohl sesshaft zu werden gedenkt.

Man scheint sich dazu durchgerungen zu haben, ein sog. „Wahlostfriese" zu werden?

Am Nachmittag joggte ich, und einmal stand wie aus dem Nichts heraus ein Wandersmann vor mir. Galant blieb er stehen, schenkte mir ein Lächeln, wurde mit einem Gruß im Vorüberhasten belohnt, und wer denkt bei dererlei nicht spontan an Mord? Etwas, das in meiner derzeit verzwickten Finanzlage vielleicht gar nicht schlecht wäre?!

Ich werde einfach tot auf dem Burgberg gefunden, und wenn man nach einer Weile ausgetrauert hat, so bekommt Ming meine Lebensversicherung ausgezahlt, von der man sich eine neue Küche einbauen lassen kann – und vielleicht reicht´s sogar auch noch für einen schönen Urlaub auf Malle oder zumindest auf Spiekeroog?

Manche Leute rutschen ja auch so tief in die Miesen hinab, daß ihnen gar nichts anderes übrig bleibt, als alte Damen in der Nachbarschaft zu überfallen und zu berauben, und aus der guten Nachbarschaft wird somit eine zweifelhafte Barschaft.

Ich begrüßte den Schröder im Garten.

Der Schröder ließ seinen grünen Daumen spielen, indem er irgendeine Kreissäge aufheulen ließ, und eine vorbeiflanierende Frau rief aus: „Schaut doch mal, wie der Jürgen fleißig ist!" Es klang verrucht und hinzu leicht verarschend, wie von einer angeheiterten Dame aus einem Reisegesellschafts- bus geflötet, und ob sie das wirklich als freundliches Kompliment gemeint hat, sei dahingestellt? Es klang eher wie eine kleine Stichelei auf dem Schulhof.

Ich dachte mir etwas aus:

Wenn ich auch so alt werde wie der Opa, so lebe ich bis zum 7. Februar 2055, und erlebe es vielleicht noch, wie das 42-jährige Pröppilein sagt: „Ich fange an ein wenig alt zu werden! Man ist wahrhaftig keine zwanzig mehr!"

Der Vater von Frau Dieudonné ist gestorben.

Als habe man nicht Kummer genug!

Spontan tippte ich etwas Früchtebröternes zusammen, doch jetzt – im Zeitalter dessen, wo man sich beständig fragen muß „bin ich ein Psychopath?" sollte man sich selber immer sehr in die Zange nehmen: „Empfinde ich den Schmerz wirklich, oder ist dies hohles Gerede?"

Im Fernseher lief ein Film über Helmut und Loki Schmidt, und im Anschluß daran auch noch einer über den greisen Helmut allein, und nach einer Weile fielen mir die auf den Punkt gebrachten lakonischen Antworten des messerscharf denkenden Helmut doch leicht auf die Nerven, auch wenn sie so gut zu seinem wie mit dem Lineal gezogenen akkuraten Scheitel zu passen schienen.

Der Helmut meinte, daß sein Gedächtnis nun ja doch so allmählich löchrig würde.

„Das geht mir genau so!" sagte Giovanni di Lorenzo, wie er hoffte, tröstsam.

„Das ist kein Trost."

Sonntag, 18. Mai
Grebenstein (Nienstedt/Harz)

Zwar küsste mich die Sonne wach, und es
versprach schön zu werden,

104

doch dann überzog sich der Himmel bald.
Schwere feuchte Regenwolken
verdunkelten das Himmelszelt.
Zuweilen regnete es, doch als ich gegen 19 Uhr um
den Burgberg herumjoggte, lächelte die Sonne
grad so schön wie auf einem Gemälde Buzens.
Der überirdisch schöne Glanz schlang sich um die
beinförmigen Bäume, und zauberte Figuren aus
flirrendem Licht auf die Pfade

Grad so, als hätte ich das Sonderprogramm „Christa" auf den Desktop über meinem Gehirn
draufgespuhlt, ließ ich die Christa in mir den
Tagesbeginn durchschreiten, indem ich jene Tätigkeiten, die nun einmal getätigt sein wollten,
würstlartig zusammengefügt, ruhig und brav
aneinanderreihte, ohne mich getrieben zu fühlen,
zu lahmen, oder groß zu hinterfragen.
Dann verließ ich das Haus, und fuhr in den Harz.

An der Kirche in Nienstedt lernte ich das Küster-
ehepaar kennen. D.h. ich hatte kurz gemeint, der
Herr sei Pfarrer Teicke, da er auf den ersten Blick
so aussah wie ein Geistlicher.
Doch Pfarrer Teicke ist ein lebenszugewandter,
froher Mann. Erleuchtet und mit Gaben gesegnet,
während dieser hier, grenzdebil, erloschen und mit
parkinson-verzitterten Händen nur noch auf einer
Randspur des Lebens mitzuwackeln schien.

Umso netter und beredter seine Frau, die mir im Gemeindehaus einen Tee kochte, und einen riesengroßen Po hat, der sie allerdings nur noch sympathischer macht.

Einspruch Euer Ehren: „Du bist ja doch bloß froh, daß *sie* den riesengroßen Po hat, und nicht Du!" beblökte mich das ebenfalls ins Gehirn gespulte Psychopathiezersetzungsprogramm.

Bald darauf lernte ich den Organisten kennen, der mir einen laschen feuchten Händedruck und ein verlegenes Lächeln angedeihen ließ.

Später schaute ich auf ihn in seiner gebeugten Haltung an der Orgel drauf, als ich kurz davor stand, mit meinem Violinspiel loszulegen.

Ich sollte mit etwas Jubilierendem anheben, in das der Pfarrer wiederum einen Psalm hineinsprechen wollte.

Zunächst sang man ein wunderschönes Lied, und dieses Eröffnungslied sollte das Schönste von den drei gesungenen bleiben.

Wie auf einem Bild von Carl Larsson war die Kirche ziemlich voll.

Pfarrer Teicke hatte bereits kurz nach dem Kennenlernen angedeutet, daß er mich zum Mittagessen einladen wolle.

An einem länglichen Tisch in der Dorfgaststätte, mit schön gefalteten und spitz zulaufend aufgestellten Servietten nahm man Platz, und es saßen sich drei Paare gegenüber: Herr Teicke und ich in der Mitte, zu meiner linken das Ehepaar Frölich, zu meiner rechten das Ehepaar Arndt, und gleich zu Beginn des geselligen Beieinandersitzens stieß ich mein Wasserglas um, und das, als ich grade eine überschäumende Bemerkung hab machen wollen.

Zunächst wurden die Speisen bestellt.

Ich entschied mich für ein zartes Schweinemedallion mit grobkörnigem Pfeffer.

Man schaute durch die Fenster auf die Weite des dünnbesiedelten Harzes, der unter schweren dunklen Wolken ausgebreitet dalag.

Die Dame neben mir erzählte ein vermeintliches Unglaublikum: Daß sie für das Konzert von Nigel Kennedy in Kassel 120€ berappt habe, doch es sei jeden Euro wert gewesen, da einem das zündende Violinspiel so sehr vom Hocker gerissen habe.

Pfarrer Teicke erzählte, daß er zwei erwachsene Kinder habe, die man ja strenggenommen gar nicht mehr als Kinder bezeichnen dürfe. Allerdings habe er auch noch eine 14-jährige Tochter, die leider etwas „anders" sei, dieweil sie nämlich behindert ist. Nur einen Tag nach ihrer Geburt erlitt die damals Eintägige einen Schlaganfall. Ist das nicht furchtbar? Jetzt lebt sie in ihrer eigenen Welt, wurde allerdings letzte Woche konfirmiert.

Heimfahrt in strömendem Regen.

Mein Hörbuch „Kaltblütig" ging zuende.

Dem Dichter war´s geglückt, den beiden Sträflingen ein Gesicht zu geben. Man begann, sie vielleicht ein bißchen nett zu finden, doch gegen Ende des Tatsachenromanes wurden sie am Galgen aufgeknüpft.

Abends rief mich die Hilke an, und zu diesem Telefonat, das mich aus meiner Einsamkeit heraushebelte, schmiegte ich mich an die Heizung, da ich soeben von einer Kältewallung überschwappt worden war, die mir sehr unangenehm gewesen ist, so daß mich der arme Perry aus dem Buch, der ja später am Galgen endete, zutiefst dauerte, da er als Kind immer von einer sadistischen Nonne eiskalt gebadet wurde, so daß er erkrankte und beinahe starb.

Von der Hilke erfuhr ich allerlei:

Daß man in Afrika mit der größten Herzlichkeit und Freude willkommen geheißen wurde:

Omars Papi mußte sich immer in seine Kammer zurückziehen, um seine Rührung über die Kinder zu verbergen. Ständig mußte er weinen, und das Aidalein fand er so besonders hübsch und zauberisch.

Grad so, wie einst der Opa das Jennylein.

Das ganze Dorf war so freudig herbeigeeilt, und selbst die Eltern von Omars neuer Frau nahmen regen und begeisterten Anteil an dem Besuch, da es sich doch immerhin um die Halbgeschwister ihrer Enkelkinder handelte.

Montag, 19. Mai
Grebenstein

Meist schöner Sonnenschein,
nur ganz zu Tagesbeginn etwas bräsig.
Ein herrlich lauer Sommerabend

Bevor ich mich endgültig in den Alltag hinein-
wuchtete, lag ich noch eine Weile wie gefesselt auf
meinem Bett, den Blick in den grauen Himmel
gerichtet, und fühlte mich ratlos.

Nur das süßeste Rehlein hatte sich gemeldet.
Nach einer Weile schrieb Herr Fleckenstein aus
Aschaffenburg einen freundlichen, so jedoch, wie
er wohl dachte, auch realistischen Wenigzeiler:
Er würde meine Bewerbung dem künstlerischen
Beirat vorlegen, der sich ggf. mit mir in
Verbindung setzen würde, doch die Chancen
stünden schlecht. Dies schrieb er „der
Vollständigkeit halber" (etwas seltsam), und ich
frug mich ratlos, warum die Chancen wohl schlecht
stünden?
Ich googelte auf der kleinen aber feinen Seite
dieses hochkarätigen Festivals herum, – liebevoll
und ordentlich geführt - und stieß auf Namen wie
Sophia Jaffé, und einen klobigen russischen
Pianisten mit wettergegerbtem Gesicht, dessen

Name mir entfallen ist, der jedoch auf allen Podien der Welt „gefragt" sei.

Hernach schaute ich „Kripo live":

Eine dicke alte Dame, 60 Jahre jung, hatte einen Termin beim Arzt. Ihre Tochter brachte sie noch hin, man schmiss gemeinsam ein paar Münzen in den Parkomaten, und hernach lief die Frau zu Fuß heim, legte ihre Tasche ab ohne guten Tag zu sagen, und lief zur Busstation in Merseburg. Doch dort verlor sich ihre Spur. Für die Tochter wurde somit ein Verdrießlikum zur bitteren Realität – jener Art, wie *ich's* mir zuweilen bloß ausmale.

Sie sah ihre Mutter nie wieder.

Die Saugnäpfe meiner Gedanken hingen auch heut in Petaluma fest, wobei ich an den Jesse nur am Rande denke. D.h., während meine Gedanken überall in der Wohnung herumkleben, Schubladen öffnen und wieder zuschieben, sitzt er ganz brav in der Ecke und löst Sudokus.

Mittags lahmte der Computer. Doch ganz abgesehen von der Lahmung, schrieb außer dem süßesten Rehlein wie immer niemand. Auf dem Fenstersims kauerte die sterbliche Hülle eines Zwerggrashüpfers in anmutiger, an eine Tänzerin gemahnenden Pose, und einmal sah man den Thomas in Ediths Auto, und dann auch noch in einem anderen gestohlenen (?) schicken Flitzer, den er gleich darauf in der Garage versteckte, *denn*

niemand käme auf die Idee, in der Garage einer invaliden
alten Frau nach einer gestohlenen Luxus-Limousine zu
suchen.

Dienstag, 20. Mai
Grebenstein

Zunächst sooo schön! Sehr warm und sommerlich.
Am Nachmittag zogen verdüsternde, grimmige
Wolkenschwaden herbei,
die sich dann nach einer Weile wieder auflösten

Eigentlich hätte ich mich durchaus früher erheben
können, denn dadurch, daß ich direkt unter der
Sonne nächtige, küsst die mich ja allmorgendlich
wach.
Doch dann liegt man erstmal da:
Wie ein Braten aus der Röhre, gespickt mit
sorgenvollen Gedanken, und nun erbarmungslos
der Erkaltung und den boshaften Launen der
Götter ausgeliefert.
Nach einer Weile aber zog ich mich am eigenen
Schopf in den Alltag hinein oder hinaus, und
dachte mir beim Fensteröffnen noch eine
kleingeklickte Gestalt auf´s Schulterblatt, die einen
grämlichen Menschen „Gute Laune" lehren soll:

„Freu Dich an der Sonne, und am Gesang der Vögel!" befahl sie streng.

Heute begann ich den Tag mit einem uferlosen Wannenbad.

Da sitzt man nun in einem gewissen Pseudo-behagen, dem es sich nach einer Weile zu entrupfen gilt.

Schließlich klingelte ich bei der Edith.

Aus einer bangen Vorahnung heraus – dies könne der Würger von Grebenstein sein – meldet sich die Edith meist mürrisch. Wenn sie dann allerdings bemerkt, daß *ich* es bin, so lacht sie trocken auf.

Die Edith stak noch mitten in der Ankleide, dieweil sie sich am Telefon verquatscht hatte. In einem weißen Kuhfleckerlhemd und den Stützstrümpfen, die aufzupellen sich bereits eine barmherzige Hand vom Pflegedienst erbarmt hatte.

„Dem Frido kann man alles erzählen, was man denkt!" sagte ich, und half der Edith fürsorglich in eines ihrer Hosenbeine hinein, „aber was *er* darüber denkt, ist eine andere Frage!"

Bald schon hörte man die Brötchenfee bimmeln, und für diesen Fall hat die Edith immer ein kleines Schälchen mit Münzen herumstehen.

Fast zeitgleich entstürmte auch die Jubilatorin „Monika" von nebenan ihrem Heim, und auch ich gab ihr die Hand, und beglückwünschte sie zu ihrem heutigen 55. Geburtstag. Da wir Damen zeitgleich am Wägelchen angekommen waren, sagte ich generös: "Rechts vor links!"

„Alter vor Schönheit – wollen wir doch ehrlich sein!" sagte die Sommersprossenbesprenkelte, da die reifen Hessinnen oft so lose gestimmt sind. Und wie es Hessenart ist, schnuddelten sich die beiden Damen auch gleich fest, und es fühlte sich an wie bei einem Klassentreff.

Sie habe zum Geburtstag einen Gutschein für das Nähparadies bekommen, berichtete die Monika. Vor drei Jahren hat sie das Nähen als Hobby für sich entdeckt „und hängt seitdem an der Nadel!" wie man nun lachend witzelte.

Die Bäckersfrau vertraut der Edith, und hat das abgezählte Kleingeld erst gar nicht nachgezählt.

Edith und ich zerpflückten die Zeitung, um verbindend im Duett darin herumzuschmökern. Auf einer Seite waren die Konzerte aufgelistet: Ein Trio aus Kassel, bestehend aus zwei Russinnen und einem Chinesen konzertiert auf Spendenbasis in Bad Karlshafen.

Ich erfuhr, daß die Zeitung die Edith 30 € im Monat koste, und sie bezieht sie hauptsächlich wegen den Sonderangebotsprospekten und spart auf diese Weise ebenfalls so etwa 30 € im Monat zusammen. Z.B. kauft man sich stark verbilligte Meggle-Butter im Vorrat, und muß sich dann zum Thema Butter vorerst keine Gedanken mehr machen.

Ich erzählte der Edith eine packende Geschichte aus meinem Leben, die ich selber sehr gerne weitergehört hätte, doch währenddessen kam eine andere Monika zum Putzen. Eine lebensgegerbte und von den Jahren benagte Frau mit abgewetzten und verfärbten Grabsteinen im Mund, die man beständig zu Sehen bekommt, da sie ein loser Mensch ist, der ständig dreckig auflacht.

Ich wollte soeben ausführen, wie es wohl wäre, ins Kloster zu gehen, und war im Begriff, plastisch vom Henning* zu erzählen: Wie er sich von einem Großteil seines Besitzes trennen mußte. Er wollte alles verschenken, und am Ende stünden ihm 20 Mark Taschengeld im Monat zu, damit er sich mal ein Eis kaufen könne.

*Ehemaliger Schwiegerfreund. (Der Ex-Verlobte von unserer Freundin Nicole, der sich zum Priester berufen fühlte.)

Doch nun setzte sich die Monika ersteinmal zu uns, um eine Tasse Kaffee mitzutrinken, und wir studierten die Todesanzeigen.

„Irgendwann muß der Ofen ja mal ausgehen!" sagte die Edith, und wir lachten.

Der Frido im Käfig spreizte sein Gefieder, und dies sei, so Edith, ein Zeichen dafür, daß er zu baden wünsche! Sie nahm ihren gefiederten Freund in die Hand, trug ihn ins Bad, und ließ ein wenig warmes Wasser drüberlaufen. Hernach schmiegte sie ihn in ein kleines Handtuch.

Plötzlich wirkte der Frido wie ein kleines Baby, das soeben gebadet worden ist, und nun am liebsten an der Brust picken würde. Mit seiner nassen Frisur wirkte der Frido plötzlich so zufrieden, fast gnitz – und sonst hatte er sich doch im Laufe der Jahre in einen mürrischen alten Mann verwandelt, dem man es gar nicht mehr recht man konnte, wie ich der Monika nun plastisch von Frau zu Frau erzählte.

Dann aber entfernte ich mich, und freute mich daheim über eine zwitschrig-fröhliche Mail vom Christoph-Otto, der meinen Kompositionsauftrag dankbar annahm, und irgendwie hatte ich doch mit einer Absage gerechnet, weil ich es doch so gewohnt bin.

Wir bedauern, Ihnen keine andere Mitteilung machen zu können!"

Von meinem Fenster aus sah ich, wie ein kleines Bündel Hund schamlos auf Ediths kleine Rasenfläche pullerte. Gradezu anmutig und direkt feierlich hob es das Bein, und es schaute ein bißchen aus wie eine Eislaufpose.

Ich ging joggen und mir war es peinlich und unangenehm, mich am Schröder vorbeizubewegen, der, seinem grünen Daumen zur Huld Äste abknickte.

„So fleißig?" murmelte ich verschämt, und hätte so gerne noch etwas Kluges hinzugefügt oder

zumindest den gewohnten Plauderschwung aus-
gelöst, doch der Schröder lachte bloß.

Beim Joggen lernte ich eine Dame mit Hund
kennen, und so schlecht mein Personengedächtnis
auch sein mag, mein Hundegedächtnis scheint ganz
gut, und beim zweiten Aufeinandertreffen machte
ich der Dame ein Kompliment zu ihrem braven
Hund mit seinen lappenweichen glanzbraunen
Schlappohren und der blassrosa Schnauze. Die
Frau lachte sehr fröhlich über die neue Bekanntschaft, entblößte ein liebes Orang-Utangebiss und
sprach mit starkem ungarischen Akzent.

Zwei liebe Pfarrer hatten mir am Nachmittag
geantwortet: Einer gelobte, mein Angebot an die
Kantorin weiterzuleiten, was im Normalfall
bedeutet, daß der Kontakt damit zum absoluten
Stillstand kommt, und ein anderer schrieb von den
5-10 Besuchern, die ihm als Gastgeber „mehr als
peinlich seien".

Wenn man schon nie einen überraschenden Brief
bekommt, so soll wenigstens ein anderer einen
bekommen, dachte ich zur Mittagsstund, als ich im
Tagebuch gelesen hatte, daß mir ein Herr mit
Namen „Georg Kühner" heut vor sieben Jahren
im Traum erschienen sei.

Georg Kühner ist ein fremder Herr, der mir im
Jahre 2005 aus purer Freundlichkeit, und dem
Bestreben, auch fremden Menschen Gutes zu tun,

einen Handzettel für mein Konzert, frisch formatiert und publikumswirksam umgestaltet, zurückgeschickt hat.

„Viel Erfolg damit, und nicht vergessen fleißig zu üben!" schrieb er damals augenzwinkernd und nett.

„Ich war gerührt, und habe die gute Tat nie vergessen!" tippte ich schon mal nieder.

Ich schmunzelte leicht bei der Idee, ihm zu schreiben, daß er als Unbekannter mir heute vor sieben Jahren im Traum erschienen sei.

Mittwoch, 21. Mai
Grebenstein

Sehr warm. Allerdings eher etwas diesig,
wenn sich auch zuweilen die Sonne zeigte

Ich kochte Kaffee, klappte den Läptop auf, und harrte gespannt der Dinge.

Zwei Mails!

„Toll!" höhnte ich verbittert.

Die Job-Börse meldete sich, und Anwalt R. hatte einen Brief geschickt, in welchem er Bezug zu der vor Friesenlogik geradezu triefender Widerborstschrift des Anwalt H. von der Gegenpartei nahm.

Leider darf ein Jurist seinen frischen Menschenverstand nicht in Form eines Buchstabenhäkelgewebes ausleben, und so liest sich der Text etwas mühsam.

„Ein Wortgerümpel!" dachte ich unfroh, leitete es Buz und Rehlein weiter, und geriet bei meinen Wortumrandungen direkt ein wenig in Schwung. Ohne es groß geplant zu haben, tippte ich immer weiter:

„Könnte man das nicht in Hausfrauendeutsch umschreiben?"

Und für die Eiligen unter uns tippte ich das Ganze zusammengeschnürt auf hessisch und benützte Versatzstücke wie „vernümbfdig", „zu Potte kommen" „Der Junge", und „sehnsemal zu!" und fand´s lustig.

Pfarrer Thiede, dem ich gestern ja direkt lose schrieb, ob man sich wohl aus Buxtehude kenne? schrieb: „Das muß eine Verwechslung sein!" und tatsächlich: Der, mit dem ich ihn verwechselt hatte heißt ja „Lutz Tietje" und sieht auf dem Foto so süß aus, daß man ihn am liebsten aufkaufen und bei sich zuhause aufstellen würde.

Wieder begann ich die Tüchtigkeit damit, mir das Schulhoff-Duo in den Kopf hineinzuschaufeln.

Die Stadt Freiburg ist mir so unsympathisch: Alles scheint in festen Händen, so daß man sich als unerwünschter Eindringling fühlen muß, und für arme Bettelsleut, die die Türschelle betätigen, haben die bösen Freiburger kein Herz.

Da ich mit den Müßigkeitspausen, die mir beschieden sind, nichts anzufangen weiß, wob ich die filigranen Fäden meines Fleißes etwas in die Länge. Ich übte Bachs E-Dur Sonate, und nur einmal rief die AOL-Dame wie aus dem Nichts heraus: „Sie haben Post!" Doch ich sparte mir die Freude auf.

Wahrscheinlich schreibt jemand:

„Danke kein Bedarf LG UM" oder so etwas.

Aber es war die Hilke, die schrieb, daß sie gestern die AOK aufgesucht habe, um die horrende Rechnung von dreimal 400 € für die Impfung einzutreiben, doch die AOK hustete sich einfach einen, und in Afrika hatte sich auch niemand für den Stempel interessiert.

Nun bleibt die arme Hilke auf den Kosten sitzen.

Als ich zum Joggen aufbrach, war es draußen so warm. So unnatürlich warm, als befände man sich in einem fernen Land.

Beim Joggen nahm ich mir vor, je drei Minuten einen Verwandten zu schildern. Beginnend mit dem Onkel Hambum. Drei Minuten lang sollte ich schildern, was den Hartmut „ausmacht", mehr noch: Ich stellte mir vor, *der Hartmut sei ermordet worden, und der Richter sagt: „Ihnen wird jetzt die Gelegenheit gegeben, ihren Onkel zu schildern und wie sie ihn wahrgenommen haben, so daß er in vollem Glanze vor den Geschworenen aufersteht, und wie tief der Krater ist, den sein jäher Exitus in Ihren Lebensweg gerissen hat?"*

„Sehr tief, euer Ehren!"

Mir fiel allerlei ein, und auch über das Beätchen kehrte ich Lobesworte zusammen.

Als ich wieder ins Wohngebiet einscherte, überquerte der Thomas nach Art einer Katze, die einem über den Weg läuft, stringenten Schrittes die Straße.

Vom Katholiken Michael Zimmer kam lediglich das Angebot, ehrenamtlich den Gottesdienst in der Autobahnkirche Baden-Baden mitzugestalten. *Unsere Gottesdienste werden oft ehrenamtlich von Mitgliedern der Gemeinde mitgestaltet, die das mit großer Freude tun. Wenn Sie sich etwas derartiges ebenfalls vorstellen könnten, so sollten wir alsbald einen Termin ausmachen!*

Ich schreibe zurück: „Meine Wohnung hier wird oft ehrenamtlich geputzt. Von einer lieben Frau aus der Gemeinde, die das mit großer Freude macht. Wenn Sie sich auch daran beteiligen möchten, dann sollten wir alsbald einen Termin abmachen!"

Ich schaute „Brisant":
Jan Ulrich, ein Herr, der wegen dem Doping-Skandal ja ohnehin sehr tief in Ungnade gefallen ist, fuhr betrunken Auto, baute einen Unfall und verletzte zwei Verkehrsteilnehmer schwer.

Zunächst bestritt er, alkoholisiert gewesen zu sein,
doch dann gab er eine Skandal-Erklärung ab –
wie aus dem Computer des Anwalts.

Später behauptete er auf Buzesart, dies könne doch
wohl jedem einmal passieren? Bloß ist´s ihm ja
schon mal passiert: Vor zehn Jahren in Freiburg!
(Dort wiederum fuhr er aber nur ein paar Fahr-
räder um.)

Dann wiederum sah man Jürgen Drews, den
„König von Mallorca", und wie die Frauen alle
narrisch sind. Reife Frauen im Alter von Rehlein
und Bea!

„Ich liebe ihn!" gackerte eine albern und schüttelte
sich vor Wollust. Eine andere flog ihm um den
Hals, und hauchte ihm benebelt ein „da werden
Träume wahr!" ins Ohr.

Donnerstag, 22. Mai
Grebenstein

Sehr warm und hochsommerlich. Nur am Abend
(jetzt) verdüsterte sich der Himmel bedrohlich

Ich schaute den Fall „Velma Barfield": Eine Dame,
die eines Tages wegen viefachen Giftmordes in die
Gaskammer wanderte:

1953 kam ihre Tochter auf die Welt, und an sie, die heut 61-jährige, mußte ich nun denken:

„Leben Ihre Eltern noch?"

„Nein. Meine Mutter wurde nur 52 Jahre alt!

Sie starb in der Gaßkammer in Nord-Carolina!"

„Oh Gott!??"

Dann schaute ich noch ein kleines Interview mit der Velma, einer Frau, die sich damals in meinem Alter befand. Sie saß mit zwei Justizbeamten am Tische, und stak in ihren Gefängnispuschen.

Dort wurde sehr ruhig und freundlich, fast liebevoll, miteinander geplaudert, da die Velma mit den Jahren fromm geworden war, und sich in einen Engel verwandelt hatte.

Zu diesem Filmchen trippelte ein kleines Hündchen an meinem Fenster vorbei, das einem kahlköpfigen Senioren gehörte – und schon mutmaßte ich herum: „Was verbirgt sich hinter der Maske des Biedermanns?"

Da dies meine Art ist.

Ich schrieb der Tante Irma zum Geburtstag, doch der Brief ging mir ein wenig mühsam von der Hand, und zudem schrieb ich leicht seltsame Dinge, die das Irmchen als holsteinisch-bodenständiges Naturell womöglich irritieren?

Vielleicht lacht sie aber auch gutural auf?

Ich schrieb vom Onkel Hambum, der immer gerne auf Geburtstage geht. Sitzt er auf dem einen, so schielt er bereits nach dem nächsten, und erst vor wenigen Tagen brach er auf, um eine Dame zu ihrem 77. Geburtstag zu besuchen, und seither fehlt von ihm jede Spur.

„Ach, die lebt einfach mit ihrem Onkel zusammen?" *mutmaßte das Irmchen in mir überrascht und befremdet.*

Mittags erlebte ich eine Freude, in deren Folge ich ganz hüpfrig wurde: Herr Friese hatte geantwortet. Juristisch korrekt, äußerte er sein Bedauern, gefolgt von einer fachliche Vermutung, was wohl falsch gelaufen sei, und gelobte, die Rechnung selbstverständlich zu stornieren.

Begeistert telefonierte ich mit Ming, und auch der süße Ming freute sich so sehr über etwas, das doch beim genaueren Hindenken eine Selbstverständlichkeit hätte sein müssen!

Aber es war so, daß ich so froh über mich selber war, denn beinah hätte die Veronika in mir die Rechnung einfach „so" beglichen.

Auf dem Hummus der Fröhe erschien Buz in meinem Inneren und quetschte den sparsamen Rainerbuben in mir beiseite.

Spontan hätt ich jetzt nämlich die Ulla anrufen mögen um zu berichten, daß ich durch meine eigene Klugheit 85€ gespart habe, und dafür würde ich sie gern ins Eiscafé einladen, und dort dürfe sie bei den Bestellungen ruhig schamlos sein.

(Breitete sich eine herzliche Idee im Stile Buzens in mir aus.)

Als Titelbild auf dem *Stern* mußte der Protzstaat Monaco herhalten, und man sah den Albäär, wie er schülerhaft auf die geödete Charlene einbusselte ("komm, laß das bitte!").

Als ich "Frau König" an der Kasse schimmern sah, schaute ich schnell, ob wohl noch eine andere Kasse geöffnet war. Aber nein, leider nicht.

Frau König ist mir viel zu scharmfrei und dröge.

"Immer wenn ich Sie sehe, so muß ich an mich selber denken, weil ich nämlich auch Frau König heiße – hahahaha!" hätte ich gern jovialisiert, doch Frau König springt für gewöhnlich nicht so auf Scharmanzen an.

Eine Dame aus Berlin schrieb, daß sie prinzipiell keine Gäste einladen. Ihr Festival würde einzig und allein von Studenten und Professoren bestritten. Die Frau aber klang so nett, daß ich ihr scherzend zurückschrieb: "Mein Onkel Eberhard ist Professor, doch leider versteht er sich nicht so recht auf das Violinspiel, und würde es sicherlich begrüßen, wenn ich statt seiner spielte?!"

"Prinzipien sind dazu da, um in den Arsch geschoben zu werden!" hätte man im Prinzip auch schreiben können.

Nach 22 Uhr lief ein amerikanischer Film aus den 50er Jahren, den ich nicht uninteressant fand:

Eine Variante von Annemarie Neckermann beschäftigte lauter schwarze Bedienstete, zu denen sie sehr freundlich war. Sie ließ sich nicht anmerken, daß es auch für sie eine Selbstverständlichkeit war, daß Neger in einer anderen Menschheitsliga spielen als Weiße!

So dachte sie, ohne es laut auszusprechen, und dies nach bestem Wissen und Gewissen – so, wie die Gretel über uns Königs im Verhältnis zu den Gezeitenkonzerten zu denken pflegt.

„Das tut mir furchtbar leid!" hörte man sie ständig in ehrlichem Bemühen um Anteilnahme sagen.

Doch dann schlug das Schicksal erbarmungslos zu, denn sie erwischte ihren Mann mit einem anderen MANN! Wie ein ertappter Dieb schlich sich der andere an ihr vorbei. Der Ehemann hindess war ehrlich bemüht, das Leiden loszuwerden, und suchte den Psychiater auf.

Freitag, 23. Mai
Grebenstein

Es begann äußerst schmollend – hi und da
flackerte wieder die Sonne auf, und in
Immenhausen war´s teilweise schön

Auch nach der Tagesjubilatorin Irma züngeln die Jahre! 77!
Ein überflüssiger Satz, wie man hier zugeben muß.

Ich sitze im Exil im Niemandsland, und auch das Wetter, gestern noch strahlend schön, präsentierte sich wie ein bockiges Kind mit verschränkten Armen, das die Unterlippe schmollend über die Oberlippe stülpt, als ich mich zu Tagesbeginn drum bemühte, den Alltag zu wuppen.

Erhoben in einen Tag hinein, an dessen Ende – dem Kübel aus dem die Tagesblüte emporragt, die am Abend unwiederbringlich verdörrt sein sollte – ein Konzert mit zwei Gitarristinnen auf mich wartete, auf das ich mich nun vorzufreuen begann.

Hans Veit aus Behlingen, der ja immerhin „prinzipiell nichts gegen ein solches Konzert einzuwenden hätte" ließ wissen, daß dies Jahr bereits sehr voll sei, und er sich ggf. bei mir melden würde. Lustvoll stellte ich mir einen rasenden Brief vor, *der den fassungslosen braven Pfarrer regelrecht anheben würde: „Schieben Sie sich Ihr „gegebenenfalls" in den Arsch! Ich werde jetzt Selbstmord begehen – und wer ist schuld?? Sie!"*

Ich schrieb einen Brief an unseren Freund „Hahe" (Hans-Helmut), und berichtete ihm, daß ich besser nach Hessen passe, als nach Ostfriesland.

„…lauter törichte alte Damen, die alle Zeit der Welt zu haben scheinen…" Eine scheinbar despektierliche Passage, durch die jedoch nichts als Begeisterung über meinen Wohnort hindurchschimmerte.

Einen Passus über die „torfig-spröden Friesen"
löschte ich aus Rücksicht auf Hahes Friesenehre
wieder hinweg.

Beim Üben sah ich die Edith beim Blumengießen
hinter ihren Spitzenstores, und es schaute aus wie
in einem Stummfilm um 1904: Neugierig, und
drum bestrebt „nicht neugierig zu scheinen" in
einem...
Der Pfarrer von Zavelstein schrieb müde und aufs
nächste Jahr vertröstend.
Diesen Brief beantwortete ich, und rutschte in
meinen Ausführungen bald vom Pfade ab.
Leider konnte ich das so nicht stehen lassen, und
so schickte ich die lustigen Zeilen stattdessen der
Christina, über die ich geschrieben hatte: „..die
Ihnen sicherlich wohlbekannte Pfarrerstochter
Christina W., die allen Herren im Umkreis von 50
Meilen die Sinne vernebelt."

Als ich am Nachmittag joggen ging, glitzerte
weißgüldner Sonnenschein in kleinen zwinkrigen
Quadrätchen auf meinem Bergaufpfade, verblass-
ten jedoch bald.
Neben unserem Hause wurde im verwunschenen
Apfelgarten so wahnsinnig laut Gras gemäht, daß
man hätte verrückt werden können.
Aufdringlich wie Säuglingsgeschrei!

Vor dem Glasmuseum in Immenhausen rief ich Ming an.

Ich erfuhr, daß das Pröppilein „abputzen" „Abendessen" und „Appetit" sagen kann, grad so, als lerne es die Sprache in alphabethischer Reihenfolge, und überhaupt sei es sehr am Alphabeth interessiert.

„Dann solltet ihr demnächst mal ein Buchstabensüppchen servieren!" riet ich.

Samstag, 24. Mai
Grebenstein

Oft mehlig und brummig.
Manchmal lachte froh die Sonn.
Am frühen Nachmittag ein Starkregen, dem wieder
leuchtender Sonnenschein folgte. Hernach wirkte
Grebenstein wie gewaschen,
und die Sonne wiederum so,
als freue sie sich darüber

Bis ich endlich den Ausstieg aus dem Bett geschafft hatte! Strenggenommen hätte ich ihn wohl gar nicht mehr gefunden, wenn ich nicht in der Ferne das Bäckereiwägele gehört hätte. Da hättet ihr mich aber in die Puschen springen sehen sollen!

Nein, ich sprang in mein völlig verrupftes rotgestreiftes Leiberl, und das Wägele stand bereits vor dem Hause vom Dr. Luthard – von mir freudig bestürmt.

Ich begrüßte den Doktor Luthard, doch eigentlich hätte ich's wegen dem Loch unter meiner Achsel gern vermieden, den Arm zu heben.

Aber was soll man machen, wenn eine nachbarschaftliche Hand zum Gruße ausgefahren wird?

„Das macht mir überhaupt nichts!" sagte die Brötchenfee wenig später über meine weithergeholten Erklärungsversuche: Ich sei in der Eile in den falschen Pullover gestiegen.

Ming hatte ein Yaralein-Foto geschickt:
„Eine neue Hose"
„Yaralein trägt sie mit Stolz" schrieb der süße Ming.
Doch das Foto endete ja noch vor dem Hosenbeginn, und da sah man's: Die Hose stak auf dem Kopf!

Die Edith wackelte im Garten herum, und wir begannen gleich über die beiden Gitarristinnen zu sprechen, die ich gestern im Konzert gehört habe. Unglaublich wäre natürlich, wenn ich nach Art von Thomas Bernhard kein Blatt vor den Mund genommen hätte: Wie dürftig ein solches Konzert sei!

Doch man kann sein kritisches Empfinden ja hinauf- und hinabdrehen, und nun dimmte ich es auf einen schlichten Hausfrauenpegel hinab. Dem Sinne nach: Es sei ganz nett gewesen, aber man habe nichts verpasst.

Liste dessen, was gut war:

Herrn Eßers strahlend mitreißender Scharm, ein liebevoll aufgebautes Buffet mit Wein und Brezen, und das Lächeln der einen Gitarristin Sabrina das direkt kostbar wirkte, aber andererseits – und mittlerweile saß ich mit der Edith in der Stube, und hatte das Frühstück aufgebaut – habe sie leider so oft: „öhöm" zwischen den Worten gesagt, und dies deute nun wohl auf einen Impfschaden hin. (Das Quecksilber hat die Gehirnwindungen verlangsamt oder gar leicht verstopft.)

Doch mit der Nichtimpferei sei auch nicht zu spaßen, wußte wiederum die Edith. Neulich sei´s in der Zeitung gestanden, und allzuleicht holt man sich einen Wundstarrkrampf.

Meine Brötchenbrösl schenkte ich dem Frido, und der Frido turnte auch gleich herab und pickte los.

Der kleine Vogel ist blitzgescheit, aber Dankbarkeit empfindet er nicht.

Ich erzählte der Edith betrübt von Herrn Clutter aus dem bewegenden Tatsachenroman von Truman Capote: Gott hat seine Hand leider nicht schützend über ihn und seine Familie gehalten, und dabei hat Herr Clutter im Leben so viel Liebes und Gutes gemacht:

Z.B. steckte er einem schwarzen Arbeiter zu Weihnachten ein kleines Börsl zu, in welchem sich 50 $ befanden! Etwas, das der rechtschaffene Arbeiter erst in seiner Kammer bemerkt hat.

Das fand ich so rührend!

Wieder daheim:

Nur die Job-Börse hatte an mich gedacht, und das Beätchen schreibt überhaupt nicht mehr – auch Onkel Dölein nicht.

Und auch mein Händi schwieg.

Ich entdeckte die Webseite einer Dame, die lampenfiebergepeinigten Musikanten das Lampenfieber austreibt. Sie versprach den Musikern ein völlig neues Leben, und auch ich hab meine Art zu denken mit den Jahren schon ziemlich umgewälzt: Früher z.B. hasste ich „schwimmendes Geschirr", sprich, einen Berg an abgespültem, nassen Geschirr neben der Spüle.

Doch eines Tages frug ich mich: „Lohnt dies?"

Mühelos ließ sich dies dümmliche Prinzip abstreifen. Ich streifte es ab, wie einen Strumpf, der zu müffeln begonnen hatte, und heute gefällt mir schwimmendes Geschirr.

Auf das Beätchen gemünzt:

Früher hasste ich es, auszugehen und 4$ für einen mäßigen Kaffee auszugeben – heute liebe ich es!

Man könne jene Pfarrer und Kirchenvorstandsvorsitzende, die einem mit dem Passus „Wir haben kein Interesse!" leicht despektierlich kommen, schreiben, daß jene Freundschaften, die damit begonnen haben, daß man sich zunächst blöd kam, erfahrungsgemäß später die besten würden, und somit würde ich mich gerne befreunden!

Auch bei Eheleuten sei dies schon vorgekommen: Herr Adam* z.B. lernte seine Frau Theda auf folgende Weise kennen: Nach einem Konzert fuhr sie ihm beim Ausparken eine Beule in seinen Autopo.

Daraufhin wurde sie von Herrn Adam laut und enthemmt bepoltert. Er verhöhnte die dummen Frauen am Steuer, und ließ sich gar nicht mehr beruhigen.

Doch da begann die kleine Frau zu weinen...

Etwas, das man doch auch Rektor Bärenfänger schreiben könnte und sollte?

*Ein Anwalt und gleichzeitig Tonmeister in Emden

Mittags arbeitete ich an einem Brief an Herrn Dorfmüller, der mir respektvoll geantwortet hatte, wenn er auch nichts für uns tun könne.

Ich ergoogelte ihn, und stellte fest, daß es sich um einen älteren Herrn handelte, der im Dezember bereits den 70. Geburtstag gefeiert hatte. Und an diesem Brief feilte ich auf Buzesart herum. Der erste Versuch geriet mir etwas doro*haft. Spröd sollte er aber auch nicht werden, und so galt's, einen Spagat zwischen Dorohaftigkeit und Sprödheit zu suchen und zu finden.

*Friedels Exfreundin Doro, die immer sehr blumig und verschnörkelt schrieb.

Ich machte mir Gedanken, und schickte selbige nach Amerika:
Hat man jemals etwas tiefer über das kleine Kätzchen nachgedacht, das der Ric überfahren hat? Hat das Beätchen Mitleid empfunden, das Kätzchen gar ein bißchen vermisst, oder ging's ihr primär darum, daß die Kinder *sofort* damit anfangen, den Verlust zu verschmerzen? Daß sie es endlich *einsehen,* daß man da jetzt nichts mehr machen könne?
Beätchen, darf ich Dir ein paar Fragen stellen?
Doch dies gäbe ja einen Tango, wenn ich ihr so käme!
„Ich glaube, du hast zu viel Zeit!" schrübe die Bea erbost.
Über die schweigende AOL-Dame dachte ich in ähnlichen Worten, wie das Fräulein in der KFZ-Stelle Hofgeismar einst über mich:
„Das ist unglaublich!!"
Fassungslos, bebend, und vor Zorn innerlich leicht verfärbt.
Vor dem Fenster lief der greise Herr Menzel vorbei, hielt's jedoch nicht für nötig, mal herzublicken und unserer verstorbenen Omi Ella zu gedenken, die einst in diesem Haus gelebt, und das Stadtbild von Grebenstein mitgeprägt hat?
Unglaublich wäre es natürlich, wenn unentwegt Bekannte, Verwandte oder sogar Verstorbene

vorbeiflanieren würden, und man aus dem Sich-Wundern überhaupt nicht mehr herauskäme?

Aber hab ich mir nicht vorgenommen, jeden Tag einmal der Omi Mobbl im Walde zu begegnen?

Dann stellte ich mir wieder mein eigenes höchst mysteriöses Verschwinden aus der Wohnung vor: *Janosch und Lisa, die über mir wohnen, haben sich vorgenommen, einen Menschen zum Verschwinden zu bringen, auf daß ein düsteres Geheimnis sie für alle Zeiten aneinanderketten würde.*

„Mordlust" als Motiv ist bekannt, aber „zum-Verschwindenbringenslust"?

Alles muß bis ins I-Tüpfelchen bedacht und geplant werden, und ein Vorteil besteht darin, daß es wohl Tage, wenn nicht Wochen dauern wird, bis das mysteriöse Verschwinden einer Dame wie mir überhaupt bemerkt wird.

Man will mich drei Wochen nach meinem Verschwinden noch an einer Bushaltestelle gesehen haben?

(Schon wieder ein Romansujet.)

Heut überschritt ich – womöglich in Jahrzehnten erstmals – die magische acht Stunden Grenze, die ich mit vermeintlich Sinnvollem ausgefüllt zu haben hoffte. Aber vermutlich war es ja letztendlich doch bloß so, daß ich – bildlich umgedeutet - auf einem kleinen Schemel am Fluße saß, und die Angel einfach so ins Wasser hängen ließ , wobei ich schlicht vergessen hatte, einen Keks dranzubinden…

Der Fernseher schwieg am Abend.

Ich las den fesselnden Roman von Truman Capote
weiter, und auf diese Art verlosch der Tag.

Sonntag, 25. Mai
Grebenstein

Meist wunderschön.

Nur am Abend verschlierte es sich ein bißl

Von der gestrigen Tüchtigkeitswoge getragen,
freute ich mich auf neue, aufregende Auslose-
resultate.

Zunächst dachte ich mir aus, daß auch heut
bestimmt schon wieder kein Brief vom Beätchen
gekommen sei? Heut ist Sonntag, *und wie
selbstverständlich hat das Beätchen schon wieder Töpfe an
glutenfreien Speisen zusammengerührt, um mit dem Jesse
nach Santa Cruz zu fahren.*

Doch vielleicht ist auch alles ganz anders?

*Letzte Woche hat die Bea einen Brief vom Lindalein be-
kommen, der sie völlig aus der Bahn geworfen hat.*

*Die ganzen Abende davor hatte die schüchterne Linda an
diesem Brief herumgefeilt, und dann fiel ihr plötzlich auf,
daß sie eigentlich ihre ganzen Feierabende bildlich gesprochen
zum Klosett hinabzuspülen pflegt.*

Als sie sich nach diesem anstrengenden Briefschrub ächzend erhob, und beim Erhebungsvorgang sämtliche Muskeln und Sehnen fühlte, wurde ihr schmerzlich bewusst, daß sie darüber alt geworden ist.

Schon wieder schwebte ein bevorstehender Besuch ihrer Mutter in den Lüften, und mit ihm diese ewigen Zwiderwurzeleien, Besserwissereien und Ermahnungen!

In ihrem Brief schrieb das Lindalein:

„Ich weiß, daß ich Dir viel — allzuviel - Dank schulde, Mutter, aber das ändert nichts an der Tatsache, daß wir den Kontakt etwas ausdünnen wollen! Wir möchten am Wochenende und in den Ferien einfach unter uns sein, und während der Woche habe ich keine Zeit, <u>kapier</u> das doch bitte endlich!"

Das Lindalein hatte sich in Rage geschrieben, und wußte doch, daß sie diesen Brief gleich wieder zusammenknüllen, und im Ascheimer entsorgen würde — so wie bereits gefühlte dreißig Male zuvor.

Dann setzte sie sich nochmals hin, und schrieb liebevoll und höflich, daß sie in nächster Zeit keine Besuche wünsche.

Jim und sie befänden sich in der Krise, und müssten erstmal mit sich selber klarkommen.

Und das Lindalein bat ihre Mutti, keine anstrengenden Rückfragen zu stellen.

Bald geht's dem Beätchen somit so, wie Frau Wyssens verwelkter Schwester Irene in Grebenstein:

Die Geschwister sind ihr fremd geworden, und freundliche Hände, die sich ihr in jungen Jahren entgegengereckt hatten,

hat sie einer juvenilen Snobesse zufolge einfach in oberfläch-
liche „Die-Hand-zum-Gruße winkelnde Bekanntschaften"
zurechtgestutzt. Jetzt gibt es nur noch eine Handvoll „Hi!"-
sager im Vorübergehen für die Welkende, und was soll man
mit dem Jesse denn groß reden? Fischfang? Sudokus?
Bridge? Oder was??

Auf dem Klosett sitzend, stellte ich mir schon
wieder vor, wie das Rifflein seine Mutti für zwei
Wochen um Asyl bittet. *Das Beätchen zieht einen*
belustigt ungläubigen Ausdruck ins Gesicht, mit dem sie,
wie sie hofft, unwiderstehlich ausschaut, und der besagen soll:
„Ach?? Und ich soll dich 14 Tage lang bekochen, und
deine Wäsche waschen, oder wie?"

„Komm! Du bist meine Mutter!"

„Aber du bist erwachsen, Schätzlein! – Nein. Wir haben
unser Leben!" (Einen Satz, den man sich nur auf
amerikanisch vorstellen kann.)

Da muß das Rifflein, grad wie ich mit meinen Kirchen-
konzerten, neue Hausverschönerungsjobs aufwirbeln, damit
er irgendwie über die Runden kommt.

Auch dem Heiner hatte ich heut eine Mail geschrieben, zumal ich ja noch nie darauf reagiert
habe, daß ihm die letzte Flamme auch schon
wieder verglimmt ist.

Ich nannte den Brief „Anita", und schrieb
dichterisch im Stile von Sibylle Lewitscharoff, wie
ich hoffte: Dies tat ich aus Blödsinn oder auch
Trübnis, oder aber auch um dem Heiner inmitten

dieses Trübsals in welchem man infolge von Liebesgram zu versinken droht, eine Stütze zu sein.
Der Heiner antwortete mir auch bald, und ich erfuhr, daß er schon wieder eine Neue gefunden habe, die ein Interesse, auch an ihm als Mann, signalisiert habe.
Doch er sei zurückhaltender geworden.
Und diesen Satz empfand ich als so rührend.

Montag, 26. Mai
Grebenstein

Zunächst sonnig,
dann (nachmittags) ganz verquollen

Ich arbeitete an dem Kapitel, das dem Beätchen als nächstes übersandt werden will, während die schweren Zeiger der Wanduhr sehr tief in das Tagesfleisch hineinschnitten.
Dann las ich das Buch von der Sibylle weiter. („Apostoloff")

Später erfuhr ich im Internet, daß sie von der Bevölkerung so wahnwitzig angefeindet wird.
Man hatte sie zu einer Predigt über die zehn Gebote gewinnen können, und hernach wurde sie mit Hassmails nur so überschüttet. Und dabei sagte

die geistvolle Sibylle so lustig auf die Frage, was sie dem ganzen wohl noch für ein Gebot hinzufügen würde:

„Da halte ich es mit Robert Gernhard: „Du sollst nicht lärmen!"

An dieser Dichterin hätte auch der Opa seine Freude gehabt. Das weiß ich genau.

Ich schrieb den Brief an die Ulla Laban weiter – verfiel dabei in einen sehr schriftstellerischen Stil, wie ich stolz fand, und schilderte ihr meine Stopuhrmethode, wenn auch leicht „frisiert":

Zehn Ziffern (die Hundertstelsekunden auf meiner Armbanduhr) stehen zur Auswahl und werden folgenden Tätigkeiten zugeordnet: Fünfmal Geige üben, viermal Sinnvolles und einmal Verbotenes.

Dies jedoch stimmt nicht, auch wenn ich mir tatsächlich einmal ausgedacht hatte, 00 würde bedeuten, daß ich ins Auto zu steigen habe, um jemanden zu ermorden, der dies wirklich verdient hat.

Ohne zu wedeln und zu zimperln, fahre ich ab, vollbringe die grausame Tat, und fahre wieder zurück.

(Ein Buchplot.)

Das Julchen hatte mir freudestrahlend geschrieben, daß ich einen Käufer angelockt hätte.

„Ist das nicht toll??" schrieb das Julchen fröhlich, und auch wenn der erwartete Geldsegen nach wie vor ausbleibt, so fühlt man sich doch für einen kurzen Moment nutz & froh!

Eine kleine Lustigkeit aus meinem leicht früchte-
brötern zu werden drohenden Brief an das Julchen:
Mein Konzert im Teufelsmoor habe bereits am 11.
April stattgefunden, und so lange habe es somit
gedauert, bis besagter Herr Bieseweg seine Frau
dazu weichgeklopft hat, den geplanten Urlaub auf
Malle in einen Ostfrieslandurlaub umzuwandeln!
Das Julchen jedoch meinte, er habe bloß immer
Karten für *eine* Person bestellt, und seine Frau war
somit wohl nur unter der Bedingung mitge-
kommen, daß sie den ganzen Tag auf dem Hotel-
zimmer bleiben dürfe, um zu schmollen?

Ich joggte heute etwas früher als sonst, und dort,
wo ich immer heimlich den Schlüssel hinter
meinen Autoreifen zu legen pflege, lag ein
Kätzchen im Gras und beobachtete mich bei
meinem Tun. Kaum war ich losgerannt, da wurde
ich auch schon von der Wahnidee gepackt und
gebeutelt, das Kätzchen würde sich den Schlüssel
als Spielzeug schnappen, und einfach verschleppen.
Manchmal gelang's mir, diese niederdrückenden
Gedanken niederzudrücken, und dann war der
Schlüssel am Ende ja doch noch da.

Hernach besuchte ich die Edith, die beinahe nicht
daheim gewesen wäre. Dann aber rief sie mir aus
dem dumpfen Kellerloch etwas zu, und während
ich darauf wartete, daß sie sich wieder empor-
bemüht, kam der Dr. Luthardt zur Kontroll-

untersuchung, so daß man sich als Überraschungs-gast gänzlich fehl am Platze dünkte.

Ich wurde dennoch genötigt zu bleiben - „Zehn Minuten!" so hieß es – und saß somit verlegen neben dem Vogelkäfig, nachdem ich mir einen Kaffee gebrüht hatte, an welchem sich nun festhalten ließ.

Ich beobachtete den biegsamen Frido, der vergnügt und gnitz ausschaute, hielt aber gleichzeitig auch ein Ohr auf die medizinische Sprechstunde.

Der Doktor hatte Ediths dicke Krankenakte zur Hand genommen, aus der beispielsweise hervor-ging, daß die Edith bis Januar 2022 gegen Wundstarrkrampf geschützt sei.

„Müsste man nicht mal den Zucker messen?" frug die Edith beflissen, da sich ihr Leben eigentlich nur noch um dumpfe Themen dieser Art dreht, und der Doktor wurde auch augenblicklich hellhörig, und blätterte mit großer Hingabe in der Akte herum. Man habe dies bereits im September gemacht, und dies geschähe alle zwei Jahre im Rahmen des Rundumsorglos-Gesundheits-Checks.

Der Doktor, mit seinen nun bald 70 Jahren nicht mehr der Allerjüngste, zitterte leicht.

Dann maß er Ediths Blutdruck 140 – 70, und morgen käme seine Frau vorbei, die ein Ehrenamt als Blutabzapsfee* bekleidet, und zapft etwas Blut ab, zu welchem Behufe die Edith bitte nüchtern bleiben möge, und auch die Schilddrüsenpille möge man sich bitte aufsparen.

*Seltend zu lesendes Wort

Ich fuhr am Eiscafé vorbei.

Immer wenn ich am Eiscafé vorbeifahre, denke ich an Ullas uneheliche Schwiegertochter Alice, die dort sehr gerne abhängt, so daß man sie immer wieder schimmern sieht. Ich denke dann wörtlich: „Die Alice ist so faul, daß es gen Himmel stinkt!"

Dies denke ich aber nur aus Jux und Spaß, und weniger aus der ehrlichen Entrüstung einer älteren Dame einer jüngeren gegenüber.

Und heut saß nämlich die Ulla selber, zusammen mit zwei Damen, dort.

Ulla, die Naschhafte!

Abends warf mich ein Brief Onkel Döleins sehr zurück: Daß man von seinem eigenen Onkel so mißinterpretiert wird?! Der Onkel verteidigte die Bea auf eine amerikanische Weise, die gar nicht zu ihm passt:

„Ist die Irma an der Bea interessiert? Und du meinst also, der Hartmut sei familienbewusst, weil er auf Geburtstage fährt???"

In Form dreier ausrufender Fragezeichen ließ Onkel Dölein seiner Konsternierung über einen doch spaßhaft und unterhaltsam gedachten Brief freien Lauf – „und was hat ein 92-jähriger Vater der seit 12 Jahren tot ist, mit „Familiensinn" zu tun?" spielte er auf den eingeäscherten Onkel Otto an, so daß ich mich unsittlich an den Schultern gepackt und auf einen Pfad draufgestellt fühlte, auf den ich weder draufpasse noch hingehöre!

Dem Beätchen schrieb ich heut zwiefach. Ein bißchen nett, aber auch ein bißchen pikierend:
Ich schrieb, daß es jedesmal so schön sei, am Morgen ihren Brief vorzufinden. Ob sie mir nicht jeden Tag eine Kleinigkeit schreiben könne? Es dürfe auch ganz izzelig klingen: z.B. Ou Schatzlein! Ich hab KEINE Lust, Dir jeden Tag zu schreiben. Ich habe zu tun. Es gibt auch noch einen arbeitenden Teil der Bevolkerung. Nicht jedes Leben erschopft sich in Musik und Mußiggang. Truuuutututututuuu….."← Dies schrieb ich auch noch, so daß sich das Beätchen nach der Lektüre womöglich leicht pikiert fühlen könnte. Doch dies war mir grad wurscht!

Dienstag, 27. Mai
Grebenstein

Ein schnürelnder Dauerregen.
Besonders abends,
als der Tag in die Dunkelheit hinabsank,

war Grebenstein von triefenden dicken
Regenwolken regelrecht eingepackt

Heute wurde ich vom Regen in den Tag hineinge-
trommelt, lag aber meiner unguten Gewohnheit
zufolge noch ewig lang herum.

Der Christoph-Otto schickte mir den letzten Satz
seiner Toccata, dem heiteren Werk in A-Dur, das
ich in Auftrag gegeben hatte. Doch nach einem
längeren Herumladevorgang erschien nur ein leeres
Blatt.
„Danke für den Auftrag!" schrieb der Christoph so
frisch, und aus der Schilderung des leeren Blattes
entwob sich nun ein längerer, kunstvoller Aufsatz,
dieweil der Christoph mich so inspiriert.
Das Gerät habe alle Noten eingesammelt nach dem
Motto: „Das Blatt kannst du haben! Die Noten
gehören MIR! Ich werde mir ein kleines
Notensüppchen damit kochen."
Dann schrieb ich nach Art eines Menschen, der
statt dem gebotenen Finger die ganze Hand
ergreift, daß er gerne noch mehr Aufträge von mir
bekommen könne.
Ideen hätte ich zuhauf: Montag der Gezeiten,
Dienstag der Gezeiten, ad memoriam Stockhausen:
Ein Werk von 400 Jahren Aufführungsdichte- und
Dauer, das man in Halberstadt anbieten könne –
doch eine Antwort auf dies ungewöhnliche
Angebot kann man sich ja bereits ausmalen:

Die Kirche ist wegen einem anderen Konzert von Überlänge bis zum 29. Mai 2640 belegt. Hernach sind wir mit Konfirmationen, sowie Auftritten hiesiger, ehrenamtlich agierender Musikgruppen reich gesegnet.

Der Christoph schien in einen Schaffensrausch geraten, indem er erst gegen ein Uhr Nachts mit dem Werk zu Potte gekommen war.

„Deine Frau muß ja geschäumt haben!" schrieb ich übermütig.

Im Rahmen meiner Ausloseleien kam auch noch ein Brief an Frau de Riese zum Zuge.

Ich geriet in Schwung und wetterte gegen die Gezeitenkonzerte. Am liebsten hätte ich mich eines bissigen Tonfalles bedient wie Frau Lewitscharoff, doch stattdessen driftete ich ins Märchenhafte ab, indem ich die Verführung des Herrn K. durch den Teufel zu schildern begann. Nach einer Weile bedauerte ich, „Herr K." geschrieben zu haben – das Ganze in meiner schönsten Sonntagsschrift verfasst, und die erste Seite war bereits fast voll geschrieben. Hätte man da nicht lieber schreiben sollen „Herr Kirschneroth" (Name leicht geändert)?

Es regnete lastend und schwer wie in Nikko (Japan).

Ming meldet sich auch nicht mehr. Mit kleinen Pröppifotos glaubt er nun, seinem Soll als Sohn und Bruder auf Jahre hin genüge zu tun?

Ich stellte mir vor, wie das Leben weiterginge, wenn ich den am 1. Mai begonnenen, und für gut befundenen Sparkurs fortsetzte?

Wenn ich dann 71 ½ Jahre alt bin, so kann ich mit mehr als 70 000€ eine Weile lang in Saus und Braus leben.

Ob die Sushibar bis dahin noch immer von jenem Asiaten bewirtschaftet wird, der mich so an Buzens Schüler „Gunnar Harms" erinnert? So sehr, daß ich ihn in Ermangelung der Kenntnis seines wahren Namens „Gunnar" genannt habe.

Der Schröder, wenn er denn noch lebte, wäre bis dahin schon Mitte 80, und auch der Janosch ist etwas jovialer geworden – und ich bin tatsächlich in dieser Wohnung geblieben!

Seit mehr als 20 Jahren heißt´s:

„Die Fenster überleben den Winter nicht!"

Abends freute ich mich über einen Geigerfilm in 3sat, und rief sogar den süßen Buz an, um ihn darüber in Kenntnis zu setzen.

Dies, was doch eher spaßig angedeutet wurde: Daß Geiger die Frauen nicht glücklich machen, wurde auch in diesem Film bedrückend klar, so daß ich später direkt froh war, zu erfahren, daß Rehlein & Buz ja doch etwas anderes angeschaut hatten.

Man sah, wie sich die junge Geigergattin beim Kostümfest Trost bei ihrem Vater, dem Dirigenten, einem alten Herrn, suchte.

„Mein Herz schmerzt. Tröste mich!"

Doch der alte Schmeckefuchs hatte sie unter ihrer Perücke gar nicht erkannt – bzw. nur das Betthäschen in ihr gesehen. Als er sie dann aber doch erkannte, bog er dies buzesartig in einen übermütigen Scherz um.

Auch der Ausgang der Geschichte war nicht uninteressant, und soll somit hier an dieser Stelle niedergeschrieben werden: Portraitiert wurde zunächst die bildhübsche junge Gattin eines Geigers aus dem Operngraben und Mutter zweier kleiner Kinder, in deren Hirn allerdings unentwegt komplizierte Gedanken um ihr kompliziertes Eheleben kreisten, so daß sie die Kinder leicht vernachlässigte.

Eines Tages hatte sich ihr kleines Töchterlein einen Schabernack erlaubt: Die väterliche Geige entwendet, und ihm stattdessen ein kleines Püppchen in den Geigenkasten gebettet.

Später zupfte es auf der Geige herum, so daß die Mutti es bemerkte, und rasch mit der Violine hinter ihrem hinwegstrebenden Ehemann herradelte. Von der Ferne sah sie ihn bereits in sein Auto steigen, und trat somit kräftig in die Pedale. Da sah sie allerdings, daß er einfach an der Oper vorbeifuhr, und dann bemerkte sie, daß er noch eine zweite Familie hatte: Gegründet mit ihrer einst besten

Freundin, die eines Tages einfach den Kontakt abgebrochen hatte.

„Das ist unser Sohn Paul!" sagte die Freundin beklommen, so doch um Festigkeit ihrer Worte bemüht, und zum Schluß fielen drei Schüsse! Doch wer wen erschoss, habe ich vergessen, und dies ist auch nicht wirklich interessant, da die Schüsse letztendlich nur den Schlußakkorden einer dramatischen Symphonie, die das Leben nun mal ist, entsprachen.

Sie bedeuteten: Applaus! Vorhang! Das Spektakel ist vorbei. Gottlob nur ein Film!

„Halt!" Ruft da so manch eine Stimme hier an dieser Stelle: „Das ist sogar SEHR wichtig, wer da wen erschossen hat – denn wer kümmert sich jetzt um die leicht vernachlässigten kleinen Kinder?"

Mittwoch, 28. Mai
Grebenstein

Huulwetter ohne Ende.

Es hörte überhaupt nicht mehr auf Ich schlief ziemlich gut, und träumte, grad wie in jungen Jahren, einen hochverdrießlichen Traum:

Wir fuhren in Starkdämmer und Regen in Kolonne Richtung Süden. Ich am Steuer trug ein Tuchgebilde auf dem Kopf. D.h., immer wenn ich den Schulterblick machen wollte, so rutschte es mir so unschön über´s Auge, daß ich <u>*nichts*</u> *mehr sah, und mich somit auch nicht mehr auf die rechte Spur auffädeln konnte.*

Buz hinter mir, in einem anderen Auto, hupte und schrie herum, und durch die Erbosung im Nacken kopflos geworden, wollte ich „auf gut Glück", und jeder Vernunft Hohn spottend, einfach „so" hinüberscheren. Das aber hieb dem Faß den Boden aus: Ich fuhr weiter, und bald schon bewunken mich zwei Polizisten auf dem weißgeriffelten Mittelteil der Straße auf strenge Weise. Ich mußte mit aufs Revier, und erklärte das mit dem Kopftuch so gut ich eben konnte. Zu meiner freudigen Überraschung ging ich straffrei aus, und durfte auch den Führerschein behalten.

Ich dachte über Dennis Rader im Knast nach:

Frau und Kinder haben ihn rigoros und ohne jeglich´ Wenn & Aber aus ihrem Leben verbannt. Die letzten Erinnerungen, die er an seine Lieben hat, stammen somit aus jener Zeit, in denen sie „es" noch gar nicht gewusst haben.

Das Personal im Gefängnis ist unpersönlich wie das Kontrollpersonal am amerikanischen Flughafen. Menschen aus Plastik, mit denen man sich nicht befreunden kann, so wie man ja auf eine pdf nichts draufschreiben kann. Und dem Dennis ist langweilig!

Die Gefängnisbibliothek ist derart dürftig. Eigentlich gibt es nur die Heilige Schrift und ein paar billige Liebesromane.

Mittags dachte wenigstens *ein* Mensch an mich: Der Onkel Hartmut. Ich stand am Fenster, schaute mir das Huulwetter an, und erörterte mit dem Onkel am Telefon, daß ich in Grebenstein sei.

Etwas, das den Onkel immer sehr freut.

Ich wünschte, ich hätte einen Traumjob wie einst die Omi Ella, fuhr ich fort.

Etwas, das ich ja auch Onkel Dölein geschrieben hatte: Sekretärin beim Anwalt Kilian, der auf Mord-, Familien- und Eifersuchtsdramen spezialisiert sei.

Mit diesen Gedanken im Hirn lief ich zum Netto, und stellte mir für einen kurzen Moment vor, die Omi zu sein, zumal manche Geschäfte links vor der Ampel ja noch aus Omis Zeiten stammen. Z.B. der kleine Lotto-, Illustrierten- und Schreibwarenladen, und von wem, wenn nicht grade von der Omi, habe ich wohl die Neigung geerbt, nach Journalen oder Zeitungen zu greifen, die eine kultürliche Dame wie die Tante Irma nicht einmal mit der Kneifzange anfassen würde, wie sie mir einmal erzählt hat?

Trotz des triefigen Regenwetters bin ich ja doch noch joggen gewesen, und an jener Stelle, wo der Weg am jüdischen Friedhof vorbei in die Höhe führt, hörte man das alberne Gejohle und Gelärme einer halbwüchsigen Kinderschar.

„Ich sag's nicht nochmal!" hörte man einen erzieherisch einwirkenden jungen Mann multipel ausrufen, und dann „raste" ich den breiten Weg in die Höh, vorbei an vier Muh-Kühen, die mich entgeistert musterten, da ich in einem roten Pullover stak.

Daheim wartete ein Fernsehabend auf mich, wobei ich die Qual der Wahl hatte: Entweder einen Schulfilm aus Quebec: Die Lehrerin in der Grundschule erhängte sich (in arte), oder im Ersten etwas Historisches – und für Letzteres entschied ich mich:
Über eine Chemikerin, mit Namen „Clara Immerwahr" die sich gegen ihren Mann stellte, der am Senfgas arbeitete, das im ersten Weltkrieg zu Wort, bzw. zu Mord kommen sollte. Die zunächst so glühende Liebe mündete in eine Ehe, die rasch ranzig wurde, und kurz hiervor wurde dem Paar noch ein kleines Hermännchen geschenkt!
Die Clara fühlte sich nicht zur Familienmutter berufen.
Das Herrmännchen schrie Tag und Nacht, und seine Mutti wurde so genervt davon. Genervt rüttelte sie an dem plärrenden Säugling herum – vergebens! Dann erschoss sie sich und hinterließ einen Brief, dem zu entnehmen war, daß sie sich so unverstanden gefühlt habe, wie ein Stummer, der zu schreien versucht.

Hernach kam eine alberne Komödie:
Dr. Vollmers aus der Schwarzwaldklinik als begnadeter Schriftsteller, und Gudrun Landgrebe

als Kratzbürste. Doch dies schaltete ich wieder ab, denn schon die billige Musik ging mir durch und durch.

Donnerstag, 29. Mai
Grebenstein

Nach nieselig ungemütlichem Beginn stellte Petrus im Laufe der Mittagsstunde wohl die Dusche ab, aber es blieb dennoch kalt und ungemütlich

Ich setzte mein Leben als „Frau im Käfig" fort.

Am Morgen las ich über den einst 15-jährigen Pfarrerssohn Nehemia, der in Albuquerque seine ganze Familie erschoss. Ihm war eine Pille verschrieben worden, die mittlerweile wieder vom Markt genommen wurde, und die aus ihm als Zappelphilipp einen gänzlich anderen Menschen machen sollte: Das machte sie auch: Einen mordlüstern Unberechenbaren.

Inzwischen hat er das Medikament, das es eh nicht mehr gibt, abgesetzt, und vermisst die Totgeschossenen sehr.

Seine Tante kümmert sich um ihn, indem sie einmal die Woche zu Besuch kommt. Sie vermisst ihren erschossenen Bruder auch sehr, aber der zum

Sünder gewordene Neffe, dem das Höllenfeuer und die ewige Verdammnis droht, tut ihr auch leid.

Ferner las man über den Satanistenmord in Prag, der mit der Verhängung der Höchststrafe endete: Die beiden jugendlichen Schwerverbrecher fuhren einfach so nach Prag, und nach dem Mord an dem armen Taxifahrer der mit 42 Beilhieben an einer Friedhofsmauer niedergeschlagen wurde, verbanden sie satanistischen Blutdurst mit Raub, indem sie dem Erschlagenen auch noch tschechische Kronen im Wert von 100 € raubten!

Ich schaufelte ein wenig an meinem Postfach im Internet herum, und dachte dabei an das kleine Hermännchen im gestrigen Film, und den armen Taxifahrer in Prag und seine Lieben.

Die Briefe meiner sog. Freunde habe ich fast allesamt gelöscht, da sie mir literarisch unergiebig schienen. Dürftig gespickt mit Worten, die klingen, als seien sie gewaltsam einer vertrockneten Zitrone entwrungen. Eine saure Arbeit, zu der man sich hat zwingen müssen, und nun wurden sie auch noch gelöscht...

Jene Rehleins jedoch schaufelte ich als pures Gold in einen riesengroßen Sack hinein, und hernach fühlte sich der abgeerntete Eingangsspieß an, als müsse er doch direkt vom Boden abheben – so leicht war er geworden – dies jedoch nur dank Rehleins Briefen, die als Buchstabengirlanden wohl dreimal bis zum Mond reichen würden!

Die AOL-Dame schwieg mit einer derartigen Selbstverständlichkeit, die einfach fassungslos macht.

Die frischkomponierten Noten vom Christoph-Otto ließen sich leider auch auf Facebook nicht öffnen: Nur die letzte Seite funktionierte, und so lernte ich das Werk eben von hinten kennen.

Die Dreiklangsbrechungen in A-Dur gaben dem Ganzen einen leicht leberkäsernen Anstrich – eine fröhliche Grill-Musik, so empfand ich's, und hätte doch lieber Musik, die einem die Tränen der Begeisterung in die Augen treibt.

Eine kleine harmonische Wendung in der Mitte jedoch rührte....

Einmal sollte ich auslosebedingt zehn Minuten lang staubsaugen, und dies, wo in der Nebenwohnung grad eine harmlose „Gute-Launen-Schnulze" lief.

Kalt ist es geworden: Die kalte Sophie, und dennoch lief ich mit einem verrupften Pulli herum.

Dann tippte ich einen Brief an den Onkel Jesse zum Geburtstag, und erinnerte daran, den Gutschein für das Nobellokal, den Bea und Jesse mal geschenkt bekommen haben, endlich einzulösen, obwohl ich mir dies Beieinandersitzen komisch vorstelle:

Ein Herr und eine Dame, die sich aus dem Alltag kennen, sitzen sich gegenüber. Was soll man da groß reden?

„Ou, Schatzlein! Das siehst Du völlig falsch. Wir haben uns IMMER etwas zu sagen!"
hat mir der kleine Vogel namens Bea soeben aufgebracht und flügelschlackernd regelrecht ins Ohr hineinposaunt!

Am Nachmittag hatte Petrus die Dusche zwar abgestellt, doch alles war feucht geworden, als ich auf meinen gewohnten Burgbergsringen herumhoppelte. Einmal näherte sich mir unentrinnbar ein Herr mit zwei Hunden – letzterer ein sauertöpfischer Mops.
Der Herr lächelte ein glasig-verklärtes Lächeln und wünschte mir höflich ein „Hallo".
„Komm bitte, Lucy!" hörte man ihn wenig später in jener Art, wie man einem ungehorsamen Kinde mit Güte beizukommen sucht, zu dem sauertöpfischen Mops sagen.
Besuch bei der Edith:
Bald schon kam die Strumpfabpellerin, brachte Frische und gute Laune in die Stube, und schonwarsewiederweg.
Direkt daran angeschmiegt rief der Benno* an: Nein! Er habe noch immer nicht im Lotto gewonnen. Die Edith lachte erheitert, weil der Benno sie nunmal in Schwingung versetzt, auch wenn sie dann später meinte, sie würde ihn als Mann nicht geschenkt haben wollen. Hat nichts, kann nichts, und hat keine Zähne!

Tatsächlich sucht er eine Frau. Es müsse allerdings eine sein, die arbeiten geht, und er könne derweil den Haushalt machen.

*Ediths schwatzhaft veranlagter Vetter in Immenhausen
Ich erzählte, wie Ming, wenn er nur gewollt hätt´, auch eine reiche Zahnärztin hätte abbekommen können, und die Edith verhakte sich leicht kopfschüttelig in das Detail, warum der eine Liebhaber von der reichen Zahnärztin wohl unbedingt ein Inder hatte sein müssen? Ob es nicht genügend einheimische Männer gäbe? In hundert Jahren gibt´s womöglich eine ganz verpanschte Bevölkerung – aber das erleben wir ja gottseidank nimmer!

Bis um 21 Uhr war ich sinnvoll tätig, und die letzte sinnvolle Tätigkeit bestand darin, Onkel Dölein eine gute Reise zu wünschen, denn für wen, wenn nicht für uns, will er wohl die lange Reise nach St. Louis unternehmen, um sich die Green Card für die nächsten zehn Jahre abzuholen?
„Gute Reise. Komm bald wieder!" schrieb ich warm, und tröstete ziemlich weithergeholt, daß es in zehn Jahren für die 88-jährigen vermutlich die Gnaden-Green-Card gäbe?

Einen Satz aus einem Brief vom Beätchen würde ich ja gerne kommentieren:
Die Bea schrieb Rehlein über die schwesterlichen Gemeinsamkeiten:

„....lieben beide Männer, wenn auch verschiedene!"

„Are you kidding??" möchte man da schreiben.

Rehlein würde Buz sofort gegen den Jesse austauschen!

„Und willst du uns damit beleidigen, daß du Buz nicht liebst??"

Das hätte man doch gar zu gerne miterlebt, wie die junge Bea unter Buzens Küssen zu Wachs dahingeschmolzen wäre!

Freitag, 30. Mai
Grebenstein

Es wurde wieder richtig schön

Ich schlief wunderbar, träumte allerdings seltsame, geradezu unheimliche Verdrießlichkeiten zusammen, die eigentlich wirklich dazu hätten angetan sein dürfen, nach meinem Erwuch froh und dankbar zu sein, daß dies doch nur ein Traum gewesen....

Im Traum *war die kleine Rebekka schon seit mehr als einem Jahr spurlos verschwunden. Ich besuchte die Familie in einer seltsam spitzhütchentürmigen Stadt, wo sich die Spur der damals 11-jährigen für immer verloren hatte. Man schrieb das Jahr 1419.*

Den Konrad sah man gar nicht, dieweil er sich in Arbeit vergraben hatte, und die Margarethe schien diesen Schlag irgendwie ganz gut weggesteckt zu haben, indem sie nämlich grad so war, wie immer, und dennoch war es mir als Freundin ein Herzensbedürfnis, die Margarethe innig zu trösten, und in den Arm zu nehmen.

Über die Umstände des Verschwindens erfuhr man lediglich, daß die Rebekka nach den Hausübungen meist in die Innenstadt lief und ein ganz normales Eigenleben führte. Hi und da bestieg sie eine Droschke und fuhr irgendwo hin. Ermittlungen der Schandarmerie hatten zu dem Verdacht geführt, die Rebekka sei im Lankreis Laatzen-Peine verschwunden, und traumesunlogischerweise sprach man von schwarzen Gischtfluten, die sie weggeschwemmt haben könnten. Ich stellte mir die Rebekka vor, wie sie jetzt, nach all den Jahren, wohl aussehen könnte, und eines abends wieder vor der Türe stünd.

Dies erzählte ich Mutti Margarethe zu Aufmunterungszwecken, doch die Margarethe meinte lediglich, Aufmunterungen dieser Art könne sie gar nicht leiden, so daß ich mich beschämt fühlen mußte.

Das Wetter hatte sich erholt, und wie aus einem geschundenen Gesicht, auf dem die Tränen noch nicht getrocknet waren, lächelte die Sonne auf Grebenstein herab.

Da sah man den greisen Klavierlehrer Menzel flotten Schrittes mit seinem Ränzel vorbeilaufen.

„Drückt er nochmals die Schulbank?" wunderte ich mich, als ich auf ihn als Hinwegstrebenden draufsah.

Nein, der Menzel gibt sich dem Alter nicht hin. Ist´s eines Tages vorbei, so ist es recht, doch bis zu seinem letzten Tag auf Erden möchte er ein gelehriger Schüler bleiben – und es ist die Freude am Lernen, die ihn weitertreibt und gleichzeitig jung bleiben lässt.

Am Lottotresen:
Vor mir stand ein lahmer alter Herr mit Frau (einem glanzlosen Suppenhühnchen), und die Bedienstete telefonierte schamlos auf Hessenart, indem sie nämlich keinerlei Stringenz und auch keinen Auflegeschwung in das Telefonat legte, das somit wohl eher als „Schnuddelat" bezeichnet werden sollte. Es ging um einen Blechschaden auf dem Parkplatz, so daß ich gleich an den demolierten Po von Schröders Auto erinnert wurde, den er den kümmerlichen Fahrkünsten seiner künftigen Schwiegertochter ver"dankt".

„War wichtig!" sagte die Dame jetzt mit mattem zehn-Watt-Lächeln, „nichts Privates!"

Daheim schrieb ich Onkel Dölein gerührt, daß es mich so rührt, daß er extra wegen uns nach St. Louis fährt, um die Green Card abzuholen.

Und der Onkel fühlte sich für mein Hinführhalten fast ein bißchen so an, als befände er sich schon auf dem Wege zu uns.

Oder steht das Bestreben, dereinst in Heimaterde bestattet zu werden, bei dieser Aktion Pate?

Mit diesen Worten mißinterpretierte ich den Onkel mit Fleiß – womöglich aus einem pädagogischen Vergeltungsbedürfnis heraus, damit er lernt, wie schmerzlich es ist, von einem engen Verwandten fehlinterpretiert zu werden, und ich weiß ja, daß dererlei sehr in dem sensiblen Oheim nagt, so daß er es im Grunde nicht auf sich sitzen lassen kann.

Der Tante Bea antwortete ich gleich zwiefach auf ihre Mails.

Die Bea ist sehr froh darüber, daß man sich demnächst aus dem Garten verköstigen kann, und zählte froh die Gemüseteile auf, die es da so gibt – zumal es ihr immer weher tut, Geld auszugeben, oder aber die verbliebenen Sekündchen auf Erden - in einer spitzen Tüte besitzergreifend in Händen gehalten - anzuzapfen.

Wenig erbaut scheint die Bea über die bevorstehenden Besuchsstürme, so daß ich zu diesem Themenkomplex regelrecht wirbelig und zeigefingerwedlerisch schrieb, wie es ja im Grunde gar nicht meine Art ist.

Omi Mobbl habe Massenbesuche mit Kleinkindern gehasst, und „ich kann mir nicht vorstellen, daß du da so weit vom Stamm gefallen sein solltest?"

Dann schrieb ich eine mitfühlende Mail an Erika Schulz:

Der jähe Exitus ihrer Mutti zöge mir keinesfalls am Arsche vorbei, und hinzu machte ich ihr ein Kompliment darüber, was sie für eine großartige Ehefrau und Mutti sei!

Doch daß ich wünschte, sie würde meine beste Freundin, schrieb ich ihr im Moment noch nicht, da sie erst den Tod ihrer Mutti gescheit verarbeiten muß.

Samstag, 31. Mai
Grebenstein

Zunächst traumhaft schön. Dann ein grauer Staublappen auf der Sonne und hernach etwas verschliert und schwadig

Die Edith hatte die abgezählten Münzen für die Brötchenfee in einen Brötchenkorb gelegt, der sich auf dem Torpfosten, auf dem er nun stand, wie ein kleiner Wäschekorb für die Puppenstube ausnahm. Sie hatte somit auf die Freundlichkeit und den Anstand der Vorbeipromenierenden gebaut.

Hi und da platzten Hunde und Hundebesitzer aus den Anwesen. „Nein, Luzy, hierher!" und dererlei hört man, da man dem grämlichen Mops „Luzy" wohl nur mit einer gewissen Schärfe beikommen kann?

Die kleine weiße Lola trippelte tänzerisch an Ediths Anwesen vorbei, bzw. lugte neugierig und in Vorfreude in den Garten, da dort ja allemal ein Leckerli auf das genussfreudige Hündlein wartet.

In Ediths Küche stellten Thomas und Katja die Einkäufe auf den Tisch, und ich begrüßte beide mit einem Händedruck.. Der Thomas lächelte herzlich, und die Katja ist sehr scheu, aber ganz lieb.

„Ich habe gehört, ihr fahrt wieder in Urlaub?" rief ich mit mehr Schwung aus, als eigentlich zur Verfügung stand, doch während ich es noch ausrief, fiel mir ein, daß doch nur der Thomas allein mit ein paar Kumpeln nach Fehrman reist.

„Da soll's schön sein!" käute ich einfach zuvor gefallene, freudig stimmende Worte aus dem Munde der Nachbarin, Frau Kompa, wider.

„Wärmer als hier!"

Und dabei war's draussen so makellos schön.

Der Thomas freut sich auf den reinen Herren-urlaub, ohne das Gezicke einer Frau.

„Den hab ich mir verdient!" sagte er.

Ich erzählte eine Geschichte vom Yossi:

Wie der naschhaft Veranlagte bei der Uta eine Traube aus Glas in den Mund stopfen wollte. Doch leider lassen sich Trauben aus Glas nicht abpflücken.

Buzens Geschwister – allen voran das Utelchen – konnten den Vielfraß nicht ausstehen, während er für Buz selber ein Heiliger war.

„Und dieser Mensch hat heute Geburtstag!" schloß ich die Geschichte überraschend.

„Wie??" stand die Edith, die mittlerweile in jenem Alter angelangt ist, wo man seinem Gegenüber nur noch ein fahriges halbes Ohr schenkt, auf dem Schlauch.

Die Edith wurstelte herum, während ich in der Zeitung las. Doch da die HNA (Hessisch-Nieder-sächsische-Allgemeine) leider so bemerkenswert uninteressant ist, darf man schon über Kleinigkeiten froh sein: z.B. über den kleinen Aufsatz zum Thema, daß es sehr schwierig sei, zwei Vögel aneinander zu gewöhnen.

Ich erfuhr, daß der kleine Nymphensittich Frido australischen Ursprungs sei. Geschlüpft sei er allerdings in Hessen, so daß über ihn gesagt werden darf: „Der gebürtige Hesse!"

Ferner erfuhr man, daß die Charlene schwanger sei! Doch die Edith hat bereits eine stehende Meinung über dieses Ehepaar:

„Das ist auch keine Märchenehe! Man hat ja gesehen, wie die Charlene immer so sauer ausschaut!"

„Vielleicht nur wegen der Reporter?"

„Ach was!"

Ein ganzes Blatt hatte die Zeitung heut dem Wetter gewidmet: Vor einem Jahr Regen, vor fünf Jahren Regen, vor 10 Jahren Regen, und der 100-jährige Kalender erzählt: Sehr windig, sonnig, aber am Abend Regen – und die Omi war damals noch ein kleines Wanst, wie's heut das Pröppilein ist, als es am Abend zu regnen begann!

Beim Joggen dachte ich über den Brief nach, den ich gestern dem Beätchen geschickt habe, und wo ich fast entrüstet, und auf eine Art, die gar nicht zu mir passt, angeregt hatte, man möge doch die jungen Leute fragen, ob man nicht mal umgekehrt bei *ihnen* urlauben dürfe?
Da lächelte das Beätchen in mir listig:
„Wir könnten ja auch mal zu *Dir* kommen. Was meinst du??" Und ich stellte mir vor, wie Bea und Jesse hier in Grebenstein in Omis riesigem ultraweichen Bett aus der Beethovenzeit nächtigen, und dies 23 Tage lang.

Spät abends dachte ich an Onkel Dölein, der sich womöglich bereits bei Dunkelheit und Regen auf der Heimfahrt von St. Louis befand, denn man will's ja nicht glauben, daß ein noch so müder Schwabe in ein Hotel einkehrt.

Währenddessen war der young-people-contest im Fernsehen zuende gegangen.

Ich hatte kaum hingehört, wenn ich aber doch mal hinsah, wie jetzt z.B., als eine junge leidenschaftliche Frau, halb japanisch, halb deutsch, demgemäß mit einem vierfachen Namen bedacht der sich schwer einprägt, das Finale vom Bruch-Konzert interpretierte, da war ich gerührt und gebannt.

Aber eins war mir klar: Wie will man da einen Sieger herausdestillieren, wo die doch alle grad gleich gut spielen? Temperamentvoll, gefühlvoll, sicher, mit viel Liebe und großem Siegeswillen vorbereitet.

Das Ganze fand unter einem Zelt vor dem Kölner Dom statt, und dem Sieger wunk ein Engagement mit den Wiener Philharmonikern, und eine Rolex.

Der 3. Preis ging an Ungarn: Einen schmächtigen, jungen Cellisten der sich sehr freute, der zweite an einen Pianisten aus Slowenien, und gewonnen hat ein junger chinesischer Geiger, der sehr in den Gefühlsstrudel von Bartoks zweitem Violinkonzert hinabtauchte, was sich auch in seiner Mimik niederschlug.

Personenverzeichnis:

Afroditi, *1948 griechische Gegenschwiemu von meiner Freundin Ulla

Alice, *um 1978(?) uneheliche Schwiegertochter von meiner Freundin Ulla

Andi, Onkel mütterlicherseits in Blankenfelde *1949

Antje, meine Lieblingstante (angeheiratet) in Bonn *1939

Arthur, Stiefsohn von der Tante Bea in Kalifornien. Geburtsjahr unbekannt

Bea, (Beätchen) Tante mütterlicherseits in Kalifornien (*1943)

Birgit, *1953 Mings uneheliche Schwiegermutter

Carlo, Vetter in Italien. *1963 (Sohn von der Tante Uta)

Charles, Enkel von der Tante Bea *2006

Christa, Ehefrau vom Onkel Hartmut in Münster *1946

Christian, alter Freund in Hamburg *1963

Christoph-Otto, Cellist, Dirigent und Komponist in Aurich *1965

Conringh, Karin, jüngst verstorbene Teekränzchendame in Aurich. Alter unbekannt.

Däter, Olaf, Altenpfleger. Bekannt als Oma-Mörder von Bremerhaven *1969

Dieudonné, Susanne. Sängerin und liebe Freundin in Ratzeburg *1961

Dölein, Onkel mütterlicherseits in Florida *1936

Eberhard, Onkel väterlicherseits in Berlin und Paris *1947

Edith, Freundin und Nachbarin in Grebenstein *1942

Elisabeth, älteste Tochter vom Onkel Hartmut in München *1976

Erika, Ehefrau von meinem Freund Christian in Hamburg *1963

Friedel, mein Vetter aus Bonn. Sohn von Rainer und Antje (*1962)

Friese, Herr. KfZ-Meister in Aurich. Geburtsjahr unbekannt

Frido, uralter Nymphensittich in der Wohnstube meiner Freundin Edith. *um 1988

Gerhard, deren gibt es zwei: a) Großvater väterlicherseits (1905-1952), und b) einziger Sohn vom Onkel Hartmut *1978

Hartmut, (Hambum) Onkel väterlicherseits in Münster *1945

Heiner, Vetter in Bonn. *1962

Hilke, Buzens Exe in Stuttgart. *1964

Irma, Witwe *1937 von Rehleins Lieblingsonkel Otto (1913 – 1997) in Kiel

Janosch, Sohn von meinem Vermieter Schröder in Grebenstein, der über mir wohnt. *um 1990

Katja, *1983 uneheliche Schwiegertochter von meiner Nachbarin Edith

Kirschneroth, (Kirsche) „Intendant" der sog. „Gezeitenkonzerte in Ostfriesland" *1962, Name aus Datenschutzgründen leicht geändert

Kompa, Frau, im Haus Nr. 9 in der Nachbarschaft in Grebenstein

Konrad, Orgler in der Oberlausitz *um 1965

Lion, Söhnchen von meinem Freund Christian und seiner Frau Erika in Hamburg *2007

Linda, Tochter von der Tante Bea *1973

Lisa, Verlobte von meinem Obermieter Janosch *um 1988

Maria, Freundin in Aurich *1964

Margarethe, Frau vom Konrad in der Oberlausitz *1973

Menzel, Klavierlehrer vom Onkel Hartmut * in den 20ger Jahren (alt)

Midori, weltberühmte Violinvirtuosin *1971

Mobbl, Oma mütterlicherseits (1910 – 1999)

Nico, älterer Sohn von meinem Freund Christian und seiner Frau Erika in Hamburg *2005

Ohling, Frau. Betagte Freundin in Aurich *1935

Pannonius, Konrad E., Opa mütterlicherseits (1909 – 2002) Dichter und Denker

Rainer, Onkel mütterlicherseits in Toronto *1934. Ein Sparefuchs

Rebekka, Töchterchen von Konrad und Margarethe in der Oberlausitz *2001

Ric, Exmann von der Tante Bea in Amerika *1945

Rifflein, einziger Sohn von der Tante Bea und ihrem Exmann Ric *1978

Rosita, schrille Frau aus Kassel *um 1946

Rübel, Pastor in Aurich *1934

Rudi, Cellist aus Wien Geburtsjahr unbekannt

Schröder, Nachbar und Vermieter in Grebenstein *1952

Suschen, Tochter vom Onkel Hartmut *1983

Teicke, Wolfgang , Pastor *1954

Thomas, Sohn von meiner Freundin Edith *1972

Ulla, liebe mütterliche Freundin in Grebenstein *1947

Uschilein, böse Exe vom Onkel Eberhard *um 1946 (?)

Uta, (Utelchen)Tante väterlicherseits (1936 – 2013)

Weckwerth, Frau. Malerstochter, Museumsbesitzerin und Konzertveranstalterin in Lübke-Koog am Ende der Welt *1936

Wembo, Schüler Buzens *1980

Willi, Mings unehelicher Schwiegervater *1950

Yossi, Spezi Buzens *1947

≈ eine Auswahl ≈

Und weiter geht's im nächsten Band.

Erscheint am 22. Dezember 2019

Besuch uns doch mal hier! ☺

http://www.franziska-koenig.de
http://www.erikoenig.de/
www.musikalischersommer.com

https://www.facebook.com/pg/Musika
lischerSommer/photos/?ref=page_inter nal

https://www.twentysix.de/shop/catalogsearch/res
ult/?q=Franziska+K%C3%B6nig

https://www.facebook.com/Franziska-
K%C3%B6nig-Autorin-2737467786270436/